D1877970

बीतीआपबीतीआप

विपिन कुमार अग्रवाल

लोकभारती प्रकाशन

लोकभारती प्रकाशन
पहली मंजिल, दरबारी बिल्डिंग, महात्मा गाँधी मार्ग
प्रयागराज-211 001

वेबसाइट : www.lokbhartiprakashan.com
ईमेल : info@lokbhartiprakashan.com

शाखाएँ : 1-बी, नेताजी सुभाष मार्ग, दरियागंज
नयी दिल्ली-110 002
अशोक राजपथ, साइंस कॉलेज के सामने
पटना-800 006
36-ए, शेक्सपियर सरणी
कोलकाता-700 017

मूल्य : ₹ 150

प्रथम संस्करण : 1978
वर्तमान संस्करण : 2020

© विपिन कुमार अग्रवाल

आस्था पेपर कन्वर्टर
प्रयागराज द्वारा मुद्रित

BITIAAPBITIAAP
by Vipin Kumar Agarwal

सत्यव्रत सिन्हा

की

स्मृति में

इस उपन्यास की घटनाएँ और पात्र
कपोल-कल्पित हैं।

मुमकिन शुरुआत

२२ नवम्बर १९६७ : डायरी लिखना आसान काम है। आदमी बात बिना लागलपेट के कह दे सकता है। ऐसी कही हुई बात अपने-आप सत्य लगने लगती है। डायरी निजी होती है और मान कर लिखी जाती है कि लिखने वाले के मरने के बाद छपेगी। इसलिए सत्य ज़रा सहूलियत के साथ अंकित किया जा सकता है। बेशर्म होने की बेबसी नहीं उठानी पड़ती। या कविता या कहानी या नाटक की सजावट में धीरे से उसे कह देने की तरकीब नहीं लगानी पड़ती। छोटी दुर्घटना को बड़ी दुर्घटना में नहीं बदलना पड़ता। छोटी दुर्घटनाएँ बड़ी दुर्घटनाओं की दुश्मन होती हैं। जब आदमी डायरी लिखने लगता है तब कविता लिखना बन्द कर देता है।

२२ नवम्बर १९६७ : कविता के लिए ज़िन्दगी कच्चा माल है। क्या यह उचित है ? ज़िन्दगी बनने के लिए कविता का भी तो कच्चे माल के रूप में उपयोग करती है। नहीं तो कविता पढ़ी क्यों जाय ! कविता और ज़िन्दगी की यह दोस्ती बनी रहनी चाहिए। दोनों का एक हो जाना ग़लत होगा। यही आत्महत्या है।

डायरी लिखना अब बन्द कर देना चाहिए। मैं कवि हूँ। मेरा उत्तरदायित्व ज़्यादा है।

मैं कवि हूँ। यादों का बना हुआ हूँ। जो सब देखते हैं, सुनते हैं, वही मैं भी देखता हूँ, सुनता हूँ। पर यादों के बीच में रख कर देखे-सुने को जब परखता हूँ तो सब बदल जाता है। अच्छा बुरा लगने लगता है और बुरा अच्छा। यह मेरी कोकनी दृष्टि ही मेरी आफ़त बनी रहती है। दुनिया को एक सुनिश्चित रूप देने में अड़ंगे लगाती रहती है। इसीलिए कभी-कभी मैं अंधा बन जाता हूँ। पर मरे अंधे की भी एक दृष्टि होती है—इस नतीजे पर मैं पहुँच गया हूँ। पुराने ज़माने में यह आँख माथे पर मानी जाती थी। आजकल की मनोवृत्ति को

देखकर मैं उसे दिमाग़ की आँख कहना चाहूँगा। इन मामूली भौगोलिक बातों में दुनिया की राय के साथ ही चलना चाहिए।

अभी उस दिन सुबह मनीष के यहाँ गया। वह १९३० के आसपास पैदा हुआ था जब ऐसे नाम ढूँढ़-ढूँढ़ कर रखे जाते थे। उसका घर लूकरगंज में है। मैं प्रयाग स्टेशन के पास लाइन पार रहता हूँ। शहर के एक छोर से दूसरे छोर तक पाँच-छः मील का रास्ता है। इसे तय करने के लिए मेरे पास बस एक साइकिल है।

मेरी साइकिल में दो पहिये हैं। एक या तीन क्यों नहीं हैं—इस प्रश्न पर मैं, जब-जब समय मिलता है, विचार करता रहता हूँ, पर हल नहीं मिलता। एक पहिये की साइकिल मैंने सरकस में देखी थी जिसे जोकर तक चला लेते थे। तीन पहिये की साइकिल बच्चे चलाते हैं या रिक्शे वाले। पर परम्परा के डर के मारे दो पहिये की साइकिलें बनती चली जा रही हैं और लोग चढ़ते चले जा रहे हैं। गिरना है तो सरकस वाली से गिरो और न गिरना हो तो तीन पर टिको, यह बीच की बात क्या? अभी इस बात को लेकर दुनिया से झगड़ा मोल लेने का मन नहीं हो रहा है। पर यह तय कर लिया है कि सीधे रास्ते से न जाकर लम्बे रास्ते से जाऊँगा। राह चलते लोगों को मालूम नहीं है कि मुझे कहाँ जाना है। इसलिए वे समझेंगे कि मैं सही रास्ते पर ही हूँ। कुछ शायद मेरी ओर समर्थन की दृष्टि से देखें भी। पर वे नहीं जानते कि मैं जाने-माने के खिलाफ़ जा रहा हूँ, एक ख़तरा हूँ। मैंने अपनी बग़ावत साइकिल के चुनाव से हटा कर रास्ते के चुनाव पर परस दी है। डर के मारे उपजी बुद्धिमानी का मज़ा आ रहा है। मैं लम्बे रास्ते पर साइकिलारोही हूँ!

बंध रोड, चैथम लाइंस, बैंक रोड, कचहरी, कानपुर रोड, सिविल लाइंस, हाईकोर्ट, लीडर प्रेस, और तब लूकरगंज। वाह!

फाटक बन्द था और मनीष का घर इलाहाबाद के और घरों की तरह फाटक से काफ़ी दूर था। मैं फाटक खोल कर अन्दर नहीं जा सकता था क्योंकि उसके यहाँ एक बड़ा-सा कुत्ता था। आजकल के कवियों की तरह मेरा जीव-विज्ञान का ज्ञान शून्य है। मैं कुत्तों के बारे में कुछ भी नहीं जानता। मुझे बस वह बड़ा कुत्ता लगता है। वास्तव में दुनिया में कुत्ते हैं इसका प्रथम एहसास मुझे मनीष के कुत्ते द्वारा ही हुआ। पहली बार मेरे जीवन में इस तरह की कोई चीज़ आयी जो मेरे और मनीष के सीधे मिलने में बाधक हुई। मेरे जीवन की सरलता में जैसे एक गाँठ पड़ गयी। जिनकी उपस्थिति से सरल जीवन में गाँठ पड़ती है उन्हें तभी से मैंने मनीष-के-कुत्ते की संज्ञा दे दी है।

ख़ैर, तो फाटक पर पहुँच कर मैं मनीष-मनीष करके चिल्लाने लगा। कोई असर नहीं हुआ। मन लगाने के लिए अपनी साइकिल के दोनों पहियों को देखा। अगली बार चिल्लाने के पहले अपने चारों ओर एक उड़ती हुई नज़र डाली तो देखा कि सड़क पार वाले मकान के सामने एक कुर्सी डाले बैठा आदमी मेरी ओर देख रहा है। बग़ल के मकान की चहारदीवारी के पीछे तीन-चौथाई छिपा दूसरा आदमी आगे झुका हुआ मेरी दिशा में अनन्त की ओर देख रहा है। सड़क पर जाते हुए एक आदमी ने भी मुझे फाटक पर ही खड़ा देख कर लगा कुछ मन ही मन सोचा। कुछ आगे बढ़ कर उसने लौट कर भी मुझे देखा। सहसा मुझे अपनी स्थिति बड़ी अजीब लगने लगी। कुर्सी वाला और चहारदीवारी वाला शायद जानते हों कि मनीष के पास एक खूँख़ार कुत्ता है। शायद उनके बच्चों को कभी मनीष के कुत्ते ने दौड़ाया हो। पर यह सड़क वाला आदमी तो अज्ञानी है। उसे कुछ भी सोचने में क्या लगेगा। फिर! मैंने एक आवाज़ मनीष को और दी। इस बार जवाब में उसके कुत्ते के भूँकने की आवाज़ आयी। फिर सब शांत। अब जब मुड़ कर मैंने देखा तो उसी समय कुर्सी वाले आदमी ने मेरी ओर देखना बन्द करके हाथ का नाख़ून कुरेदना शुरू कर दिया। मैं उसकी नीयत साफ़ समझ गया। वह मुझे ताकेगा। मैं साइकिल पर चढ़ गया और आगे बढ़ गया। पर कुछ ही आगे जाकर लगा तब क्या मेरा इतनी दूर आना विफल हो गया—सिर्फ़ मनीष-के-कुत्तों के मारे। नहीं। मैंने साइकिल लौटा ली। लापरवाही के साथ फिर मनीष के फाटक पर आकर उतरा और एक कस कर आवाज़ मनीष को दी। कुत्ता भौंका। मैंने फिर आवाज़ दी। फिर कुत्ता भौंका। मनीष। भौं-भौं। मनीष। भौं-भौं। आख़िर मनीष की महरी निकली। उसके साथ अन्दर गया।

मनीष की महरी ने पूरे शरीर पर सिर्फ़ एक काली धोती लपेट रखी थी। इस वजह से या वैसे भी उसकी चाल अजीब थी। चाल से वह महरियों में महा-रानी लगती थी। कम से कम मुझ पर हर बार यही प्रभाव पड़ता था। वह आगे चल रही थी मैं पीछे। मैं अपनी नज़र के तीर को वहाँ गड़ाना चाह रहा था जहाँ कि महरी के डुलते शरीर का गुरुत्वाकर्षण केन्द्र हो। जब उस बिन्दु के आसपास निशाना लग गया और महरी का बाक़ी शरीर दिखना बन्द हो गया तो लगा सहसा मेरा गाण्डीव अपने-आप उठ रहा है। पर इसके पहले कि कुछ हो, मैं अपने को रोकूँ, मेरी नज़र फिसल कर महरी को आरपार पिरो गयी, जैसे उसे ख़ाली जगह मिल गयी। भगवान् का भी तरीक़ा अपना अलग ही है। महरी, महरियों, महारानियों को बनाते समय गुरुत्वाकर्षण केन्द्र ही को निकाल

लिया। तभी ये सभी उड़ी-उड़ी फिरती हैं। मनीष की महरी की उड़नचाल का संबंध अपनी अधूरी वैज्ञानिक जानकारी से जोड़ कर बहुत आत्मसंतोष हुआ। एक ठंडी साँस ली तो उसने मुड़ कर देखा। उसकी आँखें साफ़ कह रही थीं कि मुझे मेरा गुरुत्वाकर्षण केन्द्र लौटा दो। पर मैं उसका वाला भगवान् थोड़े ही था। आँखें चुरा कर अपनी साइकिल के दोनों पहिये देखने लग गया और सोचने लग गया...

मनीष आँगन में आसन पर बैठा दाढ़ी बना रहा था। पास रखे मूढ़े पर बैठ कर मैंने कहा—मैं इतनी दूर चल कर आया और तुम बाहर भी नहीं निकल सकते थे !

—मैं दाढ़ी बना रहा था।

मानो मैं अंधा हूँ और मुझे इतना भी दिखलाई नहीं दे रहा है। कुछ देर चुप्पी रही। फिर मैं ही बोला :

—एक तो तुम्हारा घर शहर के एक छोर पर है...

—मेरा घर शहर के छोर पर नहीं है।

अब इस सफ़ेद झूठ का क्या इलाज। लगा सत्य की नहीं विश्वासों की लड़ाई है। मैंने चुनौती स्वीकार करके कहा—छोर पर है।

—नहीं है।

—है।

—नहीं है।

अब मैं क्या करता। मैंने सोचा कि समझौता कर लूँ। सहज स्वर में बोला—अच्छा चलो, तुम्हारा घर भी छोर पर है और मेरा भी।

—तुम्हारा होगा मेरा नहीं है।

अगर मैं भी १९३० में पैदा हुआ होता तो इन मान्यताओं के अन्तर पर फूट लेता। पर कुछ बाद में पैदा होने के कारण आधारभूत मान्यताओं के बारे में मेरा दृष्टिकोण कुछ भिन्न है। अन्तिम विश्लेषण पर मान्यताएँ मुझे रुचि का ही भयंकर रूप मालूम होती हैं। जैसे रुचियों में अन्तर होता है वैसे ही मान्यताओं में भी। और रुचि को ले कर उठना-बैठना, बोलना, कैसे बन्द करा जा सकता है। या उसे ले कर लड़ा-झगड़ा भी कैसे जा सकता है।

आँखें बन्द करके जो मुझे निहायत रुचि की बात दिखलाई देती है उसे लोग गला फाड़-फाड़ कर मान्यता कहते हैं। अब मनीष के साथ इस स्थिति को ही लीजिए। उसने कहीं पढ़ लिया है कि आधुनिक नगर का ओर-छोर नहीं होता। उनका हर बिन्दु नागरिक दबावों का स्रोत होता है जो उस बिन्दु के चारों ओर

फैलते हैं। हर बिन्दु कुछ दबावों को पाता है और कुछ देता है। जब पाता अधिक है और देता कम है तो वह दबावों की घाटी कहलाता है और उलटी स्थिति में पहाड़ी। शहर ऐसी ही असंख्य पहाड़ियों और घाटियों का समूह है। उसका कोई केन्द्र या ओर-छोर नही है। मनोष इस आधुनिक सिद्धान्त में विश्वास करता है। वह अपनी इस मान्यता को न्यूयार्क, लन्दन, कलकत्ता, टोकियो और इलाहाबाद पर लगाता है। है न सरासर जातती। पर उसे कौन समझाए। कुछ कहो तो कहेगा कि अभी उसके घर का बिन्दु घाटी है इसीलिए...

पहले मैं सोचा करता था कि जैसा मैं हूँ, वैसे ही सब हैं। सारा परिचित संसार जुड़ा हुआ है, तैरता हुआ, एक इकाई-सा। पता नहीं चलता था कि कहाँ मेरे शरीर की सीमा है और कहाँ बाहर का संसार शुरू होता है। जो चीज़ें मुझे अच्छी लगती थीं वह औरों को भी। जिनसे मुझे दुःख पहुँचता था उनसे औरों को भी। मैं नहीं जानता था कि सबका हँसने का ढंग अलग-अलग है, रोने का कारण और असर अलग-अलग है। लोग एक दूसरे से मतभेद भी रख सकते हैं। अलग-अलग भगवान् चुन सकते हैं। ऐसा नहीं कि मुझे किसी बात पर डाँट न पड़ती हो। मसलन, रात में दूध पीने के समय बहुत डाँट पड़ती थी। माँ की भी और पिता जी की भी। पर यह डाँट सब बच्चों पर पड़ती थी। इसमें मेरे और पिताजी के बीच मतभेद छिपा है यह मुझे पता नहीं था, यह पहचानने की समझ नहीं थी।

इसी प्रकार मुझे सब मकान एक-से लगते थे। वे मेरे दोस्तों के रहने के स्थान थे बस। उनकी छुटाई-बड़ाई या ऊँचाई-निचाई नहीं दीखती थी। मुझे एक ज़माने में सब मकान अच्छे लगते थे, या यह कहना उचित होगा कि मुझे हर मकान का कोई एक हिस्सा अच्छा लगता था। मसलन टिल्लू का बराण्डा जहाँ खड़िया से चारख़ाने बना कर इक्खट-दुक्खट होती थी, सीता का गोल कमरा जहाँ ताश उड़ता था, मनोहर का कच्चा आँगन जहाँ किरमिच की गेंद से किर-किट पिटती थी, और घिस्सू का पिछवाड़ा जहाँ गोली चटकती थी। इन मकानों के ये हिस्से अपने पढ़ने की चौकी पर बैठे हुए आँखें मूँद कर मैं देख लिया करता था। सभी सुन्दर और उपयोगी थे। हर का अलग-अलग मज़ा था अलग-अलग समय था। सभी स्थानों तक मेरी पहुँच थी। कभी-कभी थोड़ी बहुत कठिनाइयाँ

आ जाती थीं अवश्य। जैसे कभी-कभी मनोहर की माँ बीच आँगन में पूजा कर डालती थीं या सीता के कमरे में मेहमान आ कर टिक जाते थे। तब यह जीवन के उतराव-चढ़ाव झेलने में विशेष कठिनाई नहीं होती थी, बल्कि उनका सामना करके दूसरा उपाय ढूँढ़ लेने पर आनन्द ही आता था। या अब आज की उपमा लगा कर कहूँ तो जीवन एक बहती सरिता की तरह था जो पत्थरों और कगारों की मोड़ों को सहज अपना कर आगे बढ़ जाता था, अधिक उल्लसित होता हुआ।

दुर्भाग्यवश अन्य महान् कवियों की तरह न हो कर मेरा बचपन रोमांचकारी घटनाओं से विहीन ही-सा रहा। अपनी इस कमी को ढँकने के लिए मैंने एक सिद्धान्त बना लिया है जिसके अनुसार मनुष्य के जीवन और उसके सृजनात्मक लेखन में कोई सम्बन्ध नहीं है, रत्ती भर भी नहीं। अच्छा लेखक बेईमान हो सकता है और रद्दी लेखक बेहद ईमानदार। महान् घटना पर कमज़ोर कविता लिखी जा सकती है और छोटी घटना महान् दृष्टि दे सकती है। इस तरह के बहुत से उदाहरण मैंने इकट्ठे कर रखे हैं जिनका प्रयोग अपने गंभीर लगते मित्रों पर करता रहता हूँ।

कब और कैसे मैं प्रयाग के साहित्यिक वातावरण में फँस गया, या अधिक ठंडी भाषा का प्रयोग करूँ तो कहूँ कि पड़ गया, या यह भी ठीक नहीं तो बस आ गया, या यूँ कहूँ कि घिर गया, पर इस तरह रखने में कुछ महाभारतीयपन आ जाता है। कुछ हद तक मनीष ही इसके लिए ज़िम्मेदार है। सिविल लाइंस से स्टेशन जाते समय बीच में एक बड़ा-सा गोल चौराहा पड़ता है जिसके बीच में सब-संतों-का-गिरजाघर बना हुआ है। कभी जब बहुत सुबह सिविल लाइंस पहुँच जाता हूँ और काफ़ीघर के सामने सड़क पर खड़े हो कर किसी मित्र के आने की टोह में गर्दन दायें-बायें डुला कर देखता हूँ तो मित्र तो नहीं दीखते, जैसी कि उनकी आदत होती है, पर दायीं ओर दूर सड़क के ठीक ऊपर लाल सूरज उगता दीखता है और बायीं ओर गिरजाघर। कभी इसको देखता हूँ, कभी उसको। दोनों में कौन ज़्यादा भव्य है, कौन ज़्यादा प्रभाव छोड़ता है मन पर, तय करना मुश्किल हो जाता है। कभी-कभी लगता है दोनों किसी विशाल साइकिल के पहिये हैं।

एक सुबह इसी उधेड़बुन में पड़ कर मैं हल ढूँढ़ने गिरजाघर की ओर चल दिया था। गिरजाघर पूर्व से पश्चिम की ओर लम्बाई में बना है, क्रॉस की तरह, जिसका सिरा पूर्व की ओर यानी सिविल लाइंस की ओर है। जहाँ क्रॉस की रेखाएँ कटती हैं वहाँ ऊपर एक बुर्ज है जिसे बाद में मालूम किया कि विक्टोरिया-टावर कहा जाता है। उन्हीं की याद में बनाया गया था। इस बुर्ज के चारों किनारों पर ऊपर चार छोटी बुर्जियाँ हैं। इस सुबह चूंकि मैं ग़ौर से निरीक्षण कर रहा था इसलिए मैंने देखा कि यह चारों बुर्जियाँ न बराबर मोटी हैं और न ही बराबर ऊँची। पहले जो बुर्जियाँ मुझे एक-सी अच्छी लगती थीं अब सहसा भिन्न लगने लग गयीं और फिर भी अच्छी। अन्तर के कारण स्थिरता का स्थान गति ने ले लिया। लगने लगा कि जैसे बुर्ज उठने के प्रयत्न में गतिशील है। मैं उन बुर्जियों पर आँखें गड़ाए चारों ओर की गोल सड़क पर चलने लगा। बुर्जियाँ एक दूसरे के बीच स्थान बदलने लग गयीं और जब दो एक लकीर में हो जातीं तब तीन ही दीखतीं और फिर सहसा चार हो जातीं। इस बीच दिन और बढ़ गया और साथ ही सड़क भी चलने लग गयी। अचानक किसी ने बाँह पकड़ कर मुझे सड़क से खींच कर गिरजाघर के निकट कर लिया। मैंने अपनी उठी गर्दन नीची की तो मनीष का मुसकराता सरल चेहरा दीखा। उसने मुझे अभी-अभी एक मोटर से टकरा जाने से बचा लिया था। पर बहुत सहज ढंग से हँस रहा था और मुझे कोई उलाहना नहीं दे रहा था। जब उसे लगा कि मैं उसके चेहरे को देख रहा हूँ तब उसने धीरे से मेरा हाथ पकड़ कर कहा—आओ मेरे साथ चलो।

मैं यन्त्रवत उसके साथ हो लिया।

वह पैदल चलता गया और मैं भी। रास्ते भर हम लोग कुछ बोले नहीं। एक लड़की जा रही थी। उसकी तरफ़ दोनों ने सिर घुमा कर देखा पर कुछ बोले नहीं लूकरगंज़ देर तक पहुँच कर घर उसने मुझे बैठा दिया बाहर और चला गया अन्दर।

कुछ देर बाद दो प्याला चाय ले कर लौटा। एक प्याला मुझे देता हुआ बोला—आज तुमने मुझे मुक्त कर दिया, कितने दिनों से खोज रहा था तुम्हें।

—कैसे...लेकिन मैं तो...आपको...

—आपको नहीं तुम्हें...बैठो, बताता हूँ।

वह फिर अन्दर चला गया। अन्दर-बाहर आने-जाने की उसकी आदत है। पर आज भी अजब लगता है उसके पूरे शरीर का बिना पर्दे के दरवाज़े के

अंदर चला जाना और फिर बाहर निकल आना बार-बार। मैं प्याला लिये खड़ा रहा।

वह आ गया। हम दोनों पास ही पड़ी बेंत की कुर्सियों पर बैठ गये। काली धोती से मुँह-हाथ-पैर बाहर निकाले उसकी महरी एक ओर से दूसरी ओर निकल गयी। वह फिर बोला—अब तक तुम समझ गये होगे।

—कुछ-कुछ...मैंने कहा।

वह फिर सरल स्वर में हँस कर बोला—मैं जानता था...एक दिन मैं भी तुम्हारी तरह मोटर के नीचे वहीं पर आते-आते बचा था। मुझे यहाँ के एक प्रसिद्ध लेखक ने अपनी मोटर सहसा रोक कर पिचने से बचा लिया था। पर वे मुझे मूर्ख और बुरा-भला कहते हुए चले गये थे। तबसे मैंने गिरजाघर के सौन्दर्य को मानो पाते-पाते सहसा खो दिया। पर मैंने तय कर लिया कि कभी न कभी कोई और इस सौन्दर्य को खोजता हुआ आएगा और जब वह मोटर से दबने को होगा मैं उसे बचा लूँगा और कुछ न कहूँगा, उसकी तन्द्रा नहीं तोड़ूँगा। आज यह मुमकिन हो गया। अब शायद मैं भी अपनी खोज फिर से आरम्भ कर सकूँ।

अब तक मैं संयत हो गया था। मैंने कहा—तुम सनकी हो।

यह सुन कर वह हँसने लगा और बोला—१९२७ में जो पैदा हुआ था। अगर तुम भी तब पैदा हुए होते तो आज सनकी होते, उड़े-दिमाग़ होते।

—मैं बाद में पैदा हुआ।

—इसीलिए समझदार हो।

—पर सब तो ऐसा नहीं समझते।

—सबको मारो गोली। आओ, सनकी और समझदार मिल बैठेंगे तो ख़ूब पटेगी। यह कह कर उसने मेरी दायीं हथेली अपनी दोनों हथेलियों के बीच दबा ली। लगा हम दोनों बहुत पास आ गये। सहज ही बँध गये। तब न उसके पास कुत्ता था और न ही मैं कवि था।

इस घटना के कई दिनों बाद तक मेरी भेंट मनीष से नहीं हुई। एक शाम को मैं ज़रा जल्दी काफ़ीघर पहुँच गया। अकेला बैठा हुआ था कि मनीष आ गया। मनीष सीधे मेरे पास बिना झिझक के इस तरह आ कर बैठ गया मानो मैं मनीष का इन्तज़ार कर रहा था। उस मनीष में और आज के मनीष में कुत्तों अन्तर है। आदमी कितना बदल जाता है समय के साथ-साथ।

मनीष के बैठते ही बसन्त आ कर काफ़ी रख गया। बिना मँगाए ही उसकी

काफ़ी आ गयी इसका मुझ पर काफ़ी प्रभाव पड़ा। इसका फ़ायदा उठाते हुए उसने कहा—अब तुम काफ़ीघर में मेरी मेज़ पर बैठा करो।

काफ़ीघर में किसी की मेज़ होती है यह भी मेरे लिए नया ख़याल था। लगा अभी मैं बिलकुल नौसिखिया हूँ। काफ़ीघर बदल गया है। प्रतिक्रिया स्वरूप मैं कुछ तन गया, आगाह हो गया। उसने तुरन्त मेरी भावना को समझ कर अपनी मनजीत मुसकान फेंकी और जोड़ा—वास्तव में यह मेज़ मेरी नहीं है रामप्रिय जी की है।

मैंने कुछ पिघल कर, आदमी क्या-क्या नहीं कर सकता, पर अब भी सँभलकर क़दम रखते हुए पूछा—रामप्रिय जी कौन हैं ?

—साहित्यकार।

—ओह ! मेरे ऊपर कोई प्रभाव नहीं पड़ा। मेरा आत्मसम्मान वापिस लौट आया।

उसके बाद से शामें काफ़ीघर में रामप्रिय जी की मेज़ पर गुज़रने लग गयीं। जैसे सिगरेट पीने वालों के साथ अगर रहना है तो सिगरेट पीनी पड़ जाती है, उसी प्रकार साहित्यकारों के साथ रहना है तो साहित्य रचना पड़ जाता है। सौबत और इस मजबूरीवश ही मैंने लिखना आरम्भ किया। सहसा हिमालय का विहंगम दृश्य, किसी रमणी की के हरिण नेत्रों आँखें या किसी अकाल के हृदय विदारक अनुभव ने मुझे अपने को भाषा में अभिव्यक्ति देने के लिए प्रेरित नहीं किया। इसीलिए शायद कम लिख पाया। पर इतना लिखने लगा कि उनके बीच उठ-बैठ सकूँ। वे लोग मेरी इस कमी को समझते हैं पर उदार हैं। मन ही मन एक और को बिगाड़ने की विजय से प्रसन्न भी हैं। कुछ तो यह भी मौक़ा पड़ने पर कहते हैं कि मेरी पहली कविता उन्हीं की उपस्थिति में लिखी गयी, या उन्हीं के द्वारा सुनी गयी, या उन्हीं ने उसे जिसे मैंने लिखा था कविता कहा जबकि अन्य उसे कविता नहीं मानते थे। जब मैं यह श्रेय उन्हें तुरन्त दे देता हूँ तो वे थोड़ा असमंजस में पड़ जाते हैं और कभी-कभी दुखी भी हो जाते हैं कि कहीं मुझे कवि बना कर उन्होंने कोई ग़लती तो नहीं कर डाली, चूँकि श्रेय इस प्रकार तुरन्त दे देना और वह भी इतना बड़ा श्रेय, कोई जानी-पहचानी साहित्यिक आदत नहीं है, बल्कि स्वीकृत मानदंडों के ख़िलाफ़ है। वे मुझे शक की निगाहों से देखने

लगते हैं और मुझे पक्के साहित्यकार की कोटि से निकाल देते हैं। अपनी ओर से इसी बात को कहूँ तो कहूँगा कि अपनी सब कोशिशों के बावजूद अभी तक मैं साहित्यिक दुनिया से जुड़ नहीं पाया हूँ, उसमें समा नहीं पाया हूँ, गहरे पैठ नहीं पाया हूँ—बस, रहा किनारे हूँ। एक ऐतिहासिक इत्तफ़ाक़ के कारण ही उसके साथ लग लिया हूँ।

सारी साहित्यिक विधाओं के बीच मैंने कविता को ही क्यों चुना यह भी ठीक-ठीक कह पाना मुश्किल है। यही कह सकता हूँ कि रामप्रिय जी भी कविता के आदी थे और उन्हीं के प्रभाव में आ कर मैंने कविता को ही चुना, या यही मेरे हाथ लगी। ज़रा गहरे देखा जाए तो आलसी मैं पहले से ही था। इसलिए कविता सहज पड़ी और एक बार लग गयी तो चल भी गयी। यह घर के लोगों का कहना ग़लत है कि जब से मैं कविता लिखने लगा तब से आलसी हो गया। अधिक सही यही है कि आलसी था इसलिए कवि बनने के लिए उपजाऊ ज़मीन था, बीज पड़ते ही फूल आया। वैसे बहुत से आलसी हैं जो कवि नहीं हैं और ऐसे कवि भी हैं जिनकी परिश्रम करने की शक्ति देख कर हैरत होती है। हाँ, औसतन आलसियों (कवियों) के बीच कवियों (आलसियों) की संख्या ज़्यादा पायी जाती है—इतना ही कहा जा सकता है।

मेरी अपनी राय कोई पूछे तो यही कहूँगा कि अगर रामप्रिय जी उपन्यासकार होते तो आज मैं साहित्यकार न होता। बल्कि, अगर कभी मैं उपन्यास लिखूँ तो मेरी तमन्ना है कि उसमें रामप्रिय जी को नाम बदल कर उपन्यासकार के रूप में चित्रित करूँ और तब जो मेरा जीवन बिलकुल दूसरी दिशा में अग्रसारित हो जाता उसका ख़ूब वर्णन करूँ। मैं प्रायः ऐसी ही बेतुकी तमन्नाएँ पालता हूँ जो कभी पूरी न हो सकें। पर मेरी राय को कोई मानता नहीं है। ऊपर से वह राय अगर मेरे अपने स्वयं के बारे में हुई तब तो राय प्रकट कर पाने के पहले ही सुनने वाले अविश्वास का चेहरा चढ़ा लेते हैं और मैं कहते-कहते रुक जाता हूँ। वास्तव में मेरे कवि बनने के बारे में उनकी धारणाएँ अलग हैं। बल्कि इधर की मनीष की मान्यता के अनुसार तो मैंने बहुत चालाकी से और बुरी नीयत से कविता का माध्यम चुना क्योंकि एक तो उस समय इस लाइन में बहुत फ़ायदे थे और दूसरे चूँकि मनीष भी उन दिनों कवि था इसलिए उसे नीचा दिखाने के लिए मैंने ऐसा किया। अब ऐसे वातावरण में सत्य का क्या मूल्य हो सकता है; सत्य एक स्वगत भाषण बन कर रह जा सकता है, बस। सही बात और सर्वमान्य मान्यताओं के बीच बाधा बन कर आ सकता है, हद से हद। सत्य के कारण मेरे मुँह और लोगों के कान के बीच की दूरी बढ़ जाती है, महज़। सत्य

मनीष-का-कुत्ता है। रामप्रिय जी और मनीष मेरी कविता साइकिल के दो पहिये हैं। साइकिल में दो ही पहिये क्यों होते हैं ?...

कवि बन जाना आसान है। बने रहना मुश्किल है। मेरी समझ की परिधि में यह रहस्य धीरे-धीरे पसरा। रामप्रिय जी की मेज़। उस पर मँडराने वाले छोटे, काले, मोटे, एकाकी, एकाक्ष, एककर्ण, अकर्ण, हस्तिपद, गोपद, एकपद, गोमुख, सूकरमुख कविगण। उनसे बातें। अन्दाज़भरी जानकारी हीन। उनमें सबमें फिर मुझमें भी। मैं भी अधिक आसानी से कविताएँ रचने लग गया। जैसे तरकीब मालूम हो गयी हो। जैसे कवितारिक्शा चलाना आ गया हो।

कौन उसकी कौन सी कविता को पसन्द, ज़्यादा प...स...न्द, करेगा यह भी वह भी पहले से बतला दे सकता था। लिखनेवाले पढ़नेवाले पढ़नेवाले लिखनेवाले। मिल गए। दुहराने लगे। खड़ा हो गया कारोबारी वातावरण। इसे बनाए रखने के लिये चुन दिये गये कवि। जब सब बर्फ़ की सिल्ली सा जड़वत् जम गया तो किसी का सिर बाहर निकला था, किसी का हाथ, किसी का धड़, किसी का पैर। आने जाने वाले सरकारी ग़ैरसरकारी इसे कोई नया देवता बूझ रोली चन्दन माला चढ़ाने लगे। पुन-पुन चन्दन पुन-पुन पानी। लगने लगा मानो सृजनसरिता के किनारे बना हो श्मशानचैत्य। सृजनसीता का विनाश करने आया हो जैसे स्वयं दशानन। रामप्रिय, एकाक्ष, एककर्ण, अकर्ण, कच्चाकर्ण, हस्तिपद, गोपद, एकपद, गोमुख, सूकरमुख, कच्चामुख आदि से सुशोभित वह मेज़ ऐसे ही महाबलि रावण की छवि देने लगी।

एक दिन मनीष ने पूछा—क्या कारण है कि सब कुछ बेहद ठंडा मालूम होता है जैसे कोई तनाव ही नहीं है ? मनीष की आदत है कि वह हर बात को एक गंभीर शब्दावली में रखता है। इस प्रकार समस्या के प्रति चिन्ता प्रकट करने को वह चिन्तन का नाम देता है। चिन्तन को वह पालतू जानवर की तरह पाले रहता है। उसे बड़े प्यार से सब के सामने नचाता है, खेल खिलवाता है, बुलवाता है, जब तक लोगों के मुख से वाह-वाह नहीं निकल पड़ती और उसके निकलते ही वह पुचकार कर चिन्तन को सुला देता है, छुपा लेता है। कोई करेगा क्या। जिस नस्ल का चिंतन उसके पास है वैसा कहाँ मिलेगा। वह देशी कुतिया और विदेशी कुत्ते का संकर है। इस नस्ल के कुत्ते अब नहीं मिलते। इस-

लिए मनीष को बड़ा नाज़ है। उसकी बड़ी माँग है। लोगों को ऐसी चीज़ देखने में बड़ा मज़ा आता है जो ख़त्म होती जा रही हो। सहगल के गाने सी। पृथ्वी-राज के नाटक सी। लोग अक्सर उससे चिन्तन करवाते हैं। और फिर बहुत ख़ुश होते हैं। मनीष के एक दो मित्र तो इतने ख़ुश होते हैं कि लगने लगता है जैसे वे चिन्तक और चिन्तन दोनों के सरकस के मालिक हैं। जैसे उनकी कोई कम्पनी हो जिसके फ़रमान निकल रहे हों। जो न मानेगा कट जायगा। कहते हैं कि इस कम्पनी के अन्दरूनी कार्यकलाप किसी विदेशी भाषा में होते हैं। भगवान जाने। लेकिन भगवान जाने तो कैसे जाने? उसके पास सब शक्तियाँ हो सकती हैं पर वह विदेशी भाषा बैठ कर नहीं सीख सकता। सोचिए ज़रा अगर भोले-भाले शंकर भगवान या हनुमान जी ही अपनी रियाया से विदेशी भाषा में बोलने लग जाएँ तो कौंन उनकी सुनेगा उनपर प्रसाद व्यय करेगा उनका आदर करेगा, उन्हें अपना कहेगा? और सच बात तो यह है कि भगवान के अब तक जितने गुण गिनाए गये हैं और ये गुण कम नहीं हैं उनमें विदेशी भाषा जानना नहीं है। इसीलिए इस कम्पनी ने अपना कारोबार विदेशी भाषा में करना तय किया है। इसी को कहते हैं कि साले भगवान को भी पता न चले। ऐसे लोग हमारे देश में ही पैदा हो सकते हैं। इस पर हमें गर्व होना चाहिए ऐसा इस कम्पनी के लोग कहते रहते हैं। मेरी समझ में यह सब धीरे-धीरे आया। तब कवियों को संताप देने वाले महाचिन्तक ककुत्स्थनन्दन असूर्य की भाँति अपने नित्य अंधकार से सम्पन्न रहकर अधिक कलुषित होने वाले अविनयी श्रीमनीष को मैंने अपने कलम काग़ज़ किताब से प्रणाम किया!

मनीराम के छापेखाने में मुझे काम मिल गया। छापाखाना दारागंज में है। अतः मैं एक दिवस आसपास निवास ढूँढ़ने निकला। निराला मार्ग पर इतना कोलाहल था कि मकानशिखरों पर बैठी युवती स्त्रियों द्वारा कही गयी प्यारी बातें सुनाई नहीं दे रही थीं। किराये का मकान ढूँढ़ते हुए साइकिलारूढ़ मैंने उस विशाल मार्ग को देखा जो गायों, मतवाले गधों, सुअरों, रिक्शों, बसों, इक्कों से खचाखच भरा हुआ था। उसके प्रत्येक चौराहे पर भारी भीड़ इकट्ठा हो रही थी। उसके दोनों पार्श्वभागों में प्रचुर मक्खियों से जड़ी मिठाइयों की दूकानें थीं तथा विक्रय के योग्य विभिन्न प्रकार के गाजर-मूली सुशोभित थे। मिलागुरुनामक

धूप की सुगन्ध चारों ओर छा रही थी। ऐसे माल के पीछे बैठे धन-धान्य से पूर्ण दूकानदार अपार संतोष से तुष्ट नज़र आ रहे थे। कहते हैं प्रयाग का मूल नगर यही है और इला नामक राजदेवी का निवास स्थान यहीं था। मुझे भी लगा कि जैसे मैं इस दृश्य से जन्म-जन्मान्तर से परिचित हूँ। मैंने मन ही मन मुदित हो कहा—तुम्हारे पितामह और प्रपितामह जिस पर चलते आए हैं आज उसी मार्ग को ग्रहण कर के तुम कृतार्थ हुए। ठीक ऐसे ही समय में निराला की कबूतर-सनी मूर्ति के सम्मुख मेरी निगोड़ी साइकिल एक गधे से टकरा गयी। एँ!

लगा मैं सदियों से भूखा हूँ। जब पैसा नहीं है पास तो मेला लगे उदास। कहाँ मिलेगा खाना! कहाँ मिलेगा खा? कहाँ मिले ऽ ऽ ऽ गा...मिले गा ा ा ा ...आ आ आ...। कहाँ मिले ऽ ऽ ऽ। कहाँ ाँ ाँ ाँ? ललचाई नज़र से निराला के मुख की ओर देखा तो वह खुला था। घबड़ा कर पीछे वाली गली में मैं उतर गया। लगा मुखगुहा से भोजननली में पहुँच गया। पुण्य गली में सुन्दर पाप। वहाँ की भीड़ के क्रमाकुंचन के कारण धीरे-धीरे ठिलकर नालीवत् आमाशय में पहुँच गया। यहाँ भूखे चेहरे ठसाठस भरे थे। चारों ओर दूकानें ग्रन्थियों-सी सजी थीं जिनमें से सारे शरीर को घुला देने वाले पाचक रस-गंध प्रचुर मात्रा में हिलोरें ले सब पर तूफ़ान की तरह आफ़त की तरह भहरा पड़ रहे थे। बढ़ने लगा विलास वेग सा वह अति भैरव क्षुधा संघात।

अपने को स्थिर रोक पाना मुश्किल था। लगता था कुछ भी ठोस शेष नहीं बचेगा। सब घुलनशील अवस्था में परिणत हो नगरदेवता की रुधिर वाहिनियों में समा जाएगा। जिधर धँसो उधर नालाकार जठर ग्रन्थियाँ शेष को समाप्त करने के लिए आतुर थीं। कुछ न दीखता था, न कुछ सुनाई पड़ता था। लिसलिसे रस से सारा शरीर भीगा था। पंचगंध का यह ताण्डवमय नृत्य हो रहा था कब का।

छोटी आँत से निकल कर बड़ी आँत में आया तो सारे क्रिया-कर्म हो चुके थे। किसी तरह बाहर निकला तो एक गड्ढे में लुढ़क कर गिर गया। धीरे-धीरे घाँटी-ढापन खुला तो साँस ली। साइकिल के हैन्डिल को छुआ, घंटी बजाई, तो लगा सब ठीक है।

भूख बहुत अच्छी चीज़ है। इसका अहसास मनुष्य को अपने अन्दर होता है। कोई दूसरा आकर मुझे भूख का अनुभव नहीं करा सकता। इसके लिए गुरु की ज़रूरत नहीं पड़ती। भूख मेरे अन्दर है। मैं भूखधाम हूँ। मैं ही इसे जागृत करता हूँ मैं ही उस पर क़ाबू पाता हूँ। भूख ही कोक है और मैं उसका कोका हूँ। भूखात्मा को मनाने के लिए साइकिल चढ़ता हूँ, स्तुति करता हूँ, रचता हूँ, पर सब टर्र-टर्र से आगे नहीं बढ़ता। मन बहलाने के लिए क़िले की छाँह में कालिंदी अतिकारी के किनारे आकर तपस्वी-सा बैठ गया। यह क्या ? सारा जल ही कोकई हो गया।

आ कर जमुना के किनारे
बैठ किले की शीतल छाँह
एक पुरुष भूखे नयनों से
देख रहा था प्रलय प्रवाह।

मेरी आहारात्मा कोक है और मैं उसका कोका हूँ। लगता है यह रिश्ता बनाए रखना भी मुश्किल है। चारों ओर भूख है। चारों ओर अकाल-सी भूख है। एक तत्त्व की ही प्रधानता मानो तो जड़ मानो तो चेतन। मैं मुँहबन्द बैठा हूँ साधन करता सुर-श्मशान। सब स्थिर है स्तब्ध है। कुछ भी करना इतिहास को दुहराने सा लगता है। कुछ भी नया नहीं है। सब अनादि और अनन्त है। चारों ओर भूख का जंगल है। नीचे भूख है ऊपर भूख है। उसमें कुछ नया कोंकना नामुमकिन है। अगर कैकसी ने रावण को जन्म न दिया होता अच्छा होता। राम ने रावण को मारा न होता अच्छा होता। अगर मगर आ कर मुझे खा गया होता अच्छा होता।

भूख का कोई भार नहीं है। उसकी सीमा बस आकाश है। वह व्याप्त होती है मेरे शरीर में, तुम्हारे शरीर में, मनीष में, रामप्रिय में, अमीर में, ग़रीब में, क़ैदी में, जल्लाद में, राजा में, रानी में, सारी जाति में, सारे संसार में। सर्वव्यापी भगवान भूख के रूप में अपने को व्यक्त करता है। भूख सम है। भूख अन्य है। ओ भूख की पहली वेदना बनी विश्व-वन की व्याली। पर भूख मुझे तंग करती है। भूख मुझे औरों से अलग करती है। मेरे अन्दर से निकल रही

है भूख-वेदना करुण विकल कहानी-सीं। हो न हो भूख भी मनीष का कुत्ता है। मैं जब भूखा होता हूँ तो मनीष का कुत्ता होता हूँ। मैं भूखा हूँ। मैं कुत्ता हूँ।

क्षुधासागर के वक्ष पर मस्तूल वाले जहाज़-सा मैं डोलने लगा। सागर की लहरें मुझे दुलराने लगीं। कभी इस ओर से मन्द पवन का झोंका आता कभी उस ओर से। धुँधले तट का कुछ पता नहीं। किधर जाऊँ। किधर खोजूँ किनारा! कातरता से भरी निराशा!

जब भूख सागर की त्रिगुणमयी तरंग मालाओं के थपेड़े थक कर शांत हो जाते हैं तब आनन्द का अनुभव होने लगता है। इसका चस्का लग जाने पर कौन ऐसा है जो भूख की तमन्ना न करे। जो प्राणी इस प्रकार भूख की हृदय से कामना नहीं करता वह नर-पशु, कुत्ते, ग्रामसूकर, ऊँट, गधे, रिक्शे और भरी बसों से भी गया बीता है।

भूख पत्नी की तरह है। वह फिर-फिर आती है। मनुष्य कुछ नये की आशा नहीं करता। पर थकता भी नहीं। भूख का सम्बन्ध सिर्फ़ खाने से है। नये तरह के खाने से नहीं। इसीलिए बारम्बार खाना हमेशा पूर्णता की ओर ले जाता है आदर्श की ओर ले जाता है। आदमी खाते-खाते मृत्यु तक पहुँच जाता है। खाओ तो मृत्यु। न खाओ तो मृत्यु। तो क्यों खाओ!

भूख और प्यास में अन्तर है। प्यासा चिन्तन नहीं कर सकता। भूखा दार्शनिक दृष्टि से ओतप्रोत हो जाता है। प्यासा भाषण नहीं दे सकता। भूखा मनुष्य बोले घना। भूखे के चित्त में एकाग्रता आ जाती है। उसे सूर्य रोटी की तरह दीखने लगता है। कैसे-कैसे लोग हैं इस रोटी के चारों ओर घूमते दिनरात इस लड्डू में।

ब्रह्माण्ड एक बहुत बड़ी ख़ाली कढ़ाई है। मैं अकेला उसमें भूना जा रहा हूँ। कल फिर भूख को जगाऊँगा। भूख से निकला होगा पहला गान। मैं कवि ऐसे बना। इसीलिए बना रहा।

भूख और कविता में एक साम्य है। दोनों मुझे औरों से अलग करते हैं। दोनों मेरे लिए कोई चुनाव नहीं छोड़ते इसलिए सही अर्थ में मुझे स्वतन्त्र करते हैं। मेरे लिए कुछ भी चुनने को नहीं होता फिर भी मैं वरण करता हूँ। इसीलिए अकथनीय आन्तरिकता और सघनता के साथ वरण करता हूँ। जो सही है वही

वरण करता हूँ। बीजापहारिणी के बुने सारे जाले हट जाते हैं। जो साफ़ दीखता है वही मेरा होता है। जैसे मृत्यु के सम्मुख वरण करता हूँ। बनवास के समय राम की तरह वरण करता हूँ। मैं दाँत पर दाँत रखे नहीं बैठा रहता या यही वरण करता हूँ। मैं कलम पर कलम रखे नहीं बैठा रहता या यही वरण करता हूँ। मैं दाँतों के बीच चुनता हूँ। मैं कलमों के बीच चुनता हूँ।

रेल का पुल पार करते ही तिराहे पर बने एक तिकोने दुतल्ले मकान का सब से ऊपर वाला किनारे पर का कमरा मुझे किराए पर मिल गया। सामने पुल था, बाईं ओर श्मशान की सड़क थी, दाहिनी ओर निराला मार्ग और ऊपर से जीवन, मृत्यु, यातायात का सिंहावलोकन करता हुआ मैं। देखा मैंने वह अति रंजित विजन विश्व का नव एकांत। जैसे कोलाहल सोया हो।

कभी कभी मुझे लगता है कि सनीमा और सनीमा जैसे हिन्दी के उपन्यासों को छोड़ कर मेरे देश में औरतें नहीं के बराबर हैं। हैं तो अलग अलग नहीं हैं। मेलों में हैं, घरों में हैं, सभाओं में हैं, विवाहों में हैं, कथाओं में हैं, चाय-पानियों में हैं, रेलों में हैं, रिश्तों में हैं पर अकेली नहीं। यह बात इस क़दर मेरे मन में घर कर गयी है कि मैं कभी उपन्यास लिखना आरम्भ नहीं कर सका। आलोचकों का यह कहना बिल्कुल ग़लत है कि मैं गद्य के लम्बे टुकड़े नहीं लिख सकता। लिख सकता हूँ। तीन-तीन पृष्ठों के अनुच्छेद लिखना तो मेरे लिए बाएँ कलम का खेल है। पर उसमें औरतें नहीं आएँगी। क्योंकि वे हैं नहीं और मैं बनावटी बातें लिख नहीं सकता हूँ। पर अगर औरत नहीं आएगी तो मगर कहेंगे कि उपन्यास नहीं है। साहित्य नहीं है। अपूर्ण है। महाकेवी जी ने जगह-जगह कहा है कि जीवन एक सरिता है जिसके दो कूल्हे हैं। चूँकि लोगों के बहने को मैं महत्त्व देता हूँ मैं उपन्यास नहीं बाँधता हूँ।

जब मैंने तय किया कि उपन्यास लिखूँगा तब यह भी तय किया कि किसी औरत से नाता जोड़ूँगा। कुछ पहले कुछ बाद में। एक दूसरे को प्रभावित करेगा दूसरा पहले को। वास्तविक और साहित्यिक घुल मिल जाएँगे या अलग हो जाएँगे तज किनारे मुझ निखट्टू को। अब औरत शब्द छोड़ मुझे लड़की, षोडशी, युवती, महिला, नारी या ऐसे ही मिलते जुलते फिसलते शब्दों का जाल फेंकना शुरू कर देना चाहिए।

धीरे-धीरे मैंने जाना कि कोई यह कहकर प्रेम करने नहीं चल सकता कि लाओ अब मैं प्रेम करूँ, उसी प्रकार जैसे कोई यह कहकर नहीं बैठ सकता कि लाओ एक महान कविता रचूँ। जो लोग ऐसा कर लेने की हामी भरते हैं उनके लिए मेरे मन में बेहद सत्कार है। यहाँ तक कि रावण के लिए भी जो सीता से कहता है—हाथी की सूँड़-सी जाँघों वाली सीते मुझे देखते ही तुम अपने स्तन और उदर को इस प्रकार छिपाने लगी हो मानो डर के मारे अपने को गायब कर देना चाहती हो किन्तु विशाललोचने मैं तो तुम्हें चाहता हूँ तुमसे प्रेम करता हूँ तुम स्त्रियों में रत्न हो तुम्हारा यौवन नदी के प्रवाह की भाँति बीता जा रहा है चन्द्रमा के समान मुखवाली सुमध्यमे मैं तुम्हारे जिस-जिस अंग पर दृष्टि डालता हूँ उसी-उसी में मेरे नेत्र उलझ जाते हैं तुम मुझ पर विश्वास करके भोग भोगने की इच्छा करो मनोहर मुस्कान सुन्दर दन्तावली तथा रमणीय नेत्रों-वाली विलासिनी तुम मेरे मन को हर लेती हो इत्यादि मेरे पास आओ अन्यथा मैं तुम्हारे जीवन का अन्त कर दूँगा। इस प्रकार तय करके प्रेम करूँगा नहीं तो अन्त कर दूँगा। ऐसे भी लोग होते हैं। हर युग में होते हैं। मेरे युग में अन्ततोगत्वा रावण रामप्रिय कहलाया। राम की प्रिय को प्रिय कहने वाला अन्त में राम का प्रिय ही हो सकता है। संसार में ढूँढ़ो एक तो मिलते हज़ार हैं जो मारते अपने प्रियजनों को ही हैं। चारों ओर रावण ही रावण हैं रामप्रिय ही रामप्रिय हैं सीते छुप जाओ घरों में, मेलों में, रेलों में, रिश्तों में। देव न हैं हम और न ये हैं परिवर्तन के पुतले।

प्रेम कोई बड़ी अच्छी चीज़ नहीं है। बल्कि यह बात पहले मुझे मालूम होती तो शायद मैं नाता जोड़ने निकलता ही नहीं या उपन्यास लिखने की बात ही मन में न लाता। प्रेम-रथ में कोकाह-सा न जुतता।

मैंने शुरू में इधर-उधर नज़र डाली कि कहीं कोई लड़की दिखे जिससे नाता जोड़ूँ। महीनों कम्पनी-वाटिका में गया। अरुनसिखा की धुन सुन उठ फूल लेने प्रातः ही पहुँच जाता था। वहाँ मन को लुभाने वाले अनेक वृक्ष लगे रहते थे

तथा रंग-बिरंगे उत्तम बोलियों वाले तमाम पक्षी किल्लोल करते रहते थे। एक ओर सुहावना सरोवर सुशोभित था जिसमें जल के पक्षी कलरव करा करते थे। और फूलों की बहार का क्या कहना। बहुत कान लगाये घूमा करता था पर कंकन किंकिनि नूपुर ध्वनि कभी सुनाई नहीं दी। उल्टे अन्दर प्रवेश करते ही चारों ओर भयंकर बोली वाले कौए चहचहाने लगते थे और तभी अवकाश प्राप्त छड़ी लिए वायुसेवन हेतु आए अनेक लोग दीखने लगते। न जाने क्यों इस नगर में ये मुए बहुत हैं। एक बार सड़क किनारे गौरइयों को पिंजड़े में बन्द किए सामने भाग्य के लिफ़ाफ़े बिछाए एक चंदन के टीके वाले पंडित जी से मैंने इस भयंकर पक्षी नाद के बारे में पूछा। उन्होंने कहा :

—जजमान, इस शकुन का जो फल है उसे सुनिए, आकाश में पक्षियों के मुख से (मेरी समझ में चोंच अधिक उपयुक्त शब्द है) जो बात (मेरी समझ में शोर) निकल रही है वह बताती है कि आपकी इच्छा पूर्ति में कोई घोर बाधा उपस्थित होने वाली है।

उसी समय ज़ोरों की आँधी आयी और सारे भाग्य कैदक इधर-उधर उड़ गये। मैं निराश हुआ और वाटिका का क्षेत्र अपनी खोज के लिए त्याग दिया।

जब भी कभी मुझे औरतों के बीच अपने को पाने का अवसर मिला है तो लगा है जैसे मैं किसी अपरिचित दुनिया में अपने पूरे बढ़े शरीर सहित सहसा ऐसा का ऐसा पैदा हो गया हूँ नासमझ-सा। देखने में पूरा शरीर हूँ, पाँचों इन्द्रियों से सुसज्जित हूँ, पर आयुग्रस्त अपरिपक्व हूँ और कोई भी तर्क संगत बात कहने में सर्वथा असमर्थ हूँ। शरीर और मस्तिष्क में जैसे कोई लगाव नहीं है। जैसे सब अजनबी है, नया है। कोई पूर्व परिचित पृष्ठभूमि नहीं है जिससे टकरा मेरे विचार अगर हों तो मेरे शब्द अगर फूट सकें तो अर्थ पा सकें मेरे ही लिए सही। सब ग़लत लगता है। मसलन सब को माँ-ऊँ मान कर बात करना आरम्भ करना बेमानी होगा। हे अनन्त रमणी, कौन तुम, यह मैं कैसे कह सकता। यह क्या मधुर-स्वप्न-सी झिलमिल, व्याकुलता-सी व्यक्त हो रही आशा बनकर प्राण समीर। किससे मदद लूँ। कहाँ से दूती मिले जो नायिका के गृह में जा उससे अहल्या, शकुन्तला आदि की जीवन-कथा कहे। कहते हैं दासी, विधवा, दैवज्ञा, सैरन्ध्री, माली, गांधी, धोबी की स्त्रियाँ, धात्री और पड़ोसिन योग्य दूती का कार्य करती हैं। पर मैं चतुर नागरिक कहाँ हूँ।

इसी तरह बहुत से दिन देखा-देखी में निकल गए। कभी कहीं कोई दीखी तो लगा कि नहीं दीखी या कि यही वही नहीं है जिसकी तलाश है। प्रेमिका तलाशी नहीं जा सकती। यहाँ तक कि एक प्रसिद्ध कहानी पढ़ने के बाद मैंने एक लड़की को उसके यहाँ जा जा कर पढ़ाया भी पर वह पढ़ी नहीं। एक अजीब तपस्वी जैसे पतझड़ में कर वास रहा। दुःख का गहन पाठ पढ़ सहानुभूति समझी। यूँ ही लगा बीतने जीवन अस्थिर दिन-दिन दीन।

काफ़ीघर है कि रेलगाड़ी की तरह ज़नाना डिब्बा अलग लगाए है। वहाँ कैसे जाता और जाता तो कौन मिलाता। दोस्तों की इतनी कमी थी कि उनके घर में जो भी हों उनसे नाता जोड़ कर मैं उन्हें खोना नहीं चाहता था। मेरी वजह से किसी की महरी भी निकल गयी तो फिर दूसरी कहाँ मिलेगी और ऊपर से आना जाना बन्द। एक सुख देकर दूसरा पाने में मैं सुख के अधिकतमाने के सिद्धान्त को लगाकर देख लिया करता था कि कुल मिला कर क्या हो रहा है।

पर अब सोचता हूँ तो साफ़ लगता है कि असली कारण मेरा दब्बूपन ही था। अगर ऐसा न होता तो जब श्रीपत की बहन छाया अपनी कहने को कविताएँ ले कर मेरे कमरे में या जहाँ मैं बैठा था उस समय वहाँ आई थी तो मैं उससे उसके बाद का सारा समय साहित्यिक बहस करने में न लगा देता और कम से कम इस नतीजे से तो दूर ही रहने का प्रयत्न करता कि लड़कियाँ कभी कविताएँ नहीं रच सकतीं जैसे वे बच्चे रच सकती हैं या दोनों ही स्थितियों में वे सब उसका कारण या माध्यम बन सकती हैं अपने से रचयिता नहीं। जब अपनी नीली आँखें और पीली नाक उठा कर उसने मुझसे पूछा कि वह किस लायक़ है और वह वही करेगी जो मैं चाहूँगा तो मैंने असफल कवि अच्छा आलोचक हो सकता है वाला नियम लगा कर पूरा मन लगा कर उसे साहित्य की गुत्थियों से अवगत कराना आरंभ कर दिया। मुझमें लगन इतनी थी कि आज श्रीपत की बहन छाया एक बेहद सफल आलोचिका है और बड़े बूढ़े घिसे पिटे नये मझोले कलमहराम लेखक उसके चारों ओर मँड़राते रहते हैं कि एक नज़र वह कनखियों से ही सही उनकी ओर देख ले। मैं नाज़ करता विचार पर विचार धरे बैठा भुनगुनाता रहता हूँ कि हिन्दी साहित्य को छाया मेरी देन है पर इससे क्या वह तो नहीं हो सका जो मैं करने चला था और आज तक उपन्यास न लिख सका और मेरे कलमनामे पर अपने को न्योछावर करने को प्रतीक्षा में सब आलोचना मानदण्डों से लैस छाया आज भी छाया मेरे लिए श्रीपत की बहन छाया है बस। कब तक और अकेले ? कह दो किसे सुनाऊँ गाथा ?

विचारों की भी रेल चलती है। उसमें भी ज़नाना डिब्बा अलग होता है।

ऐसी परम्परा है। यह बात दूसरी है कि सब औरतें उसमें बैठें न बैठें, अमाएँ न अमाएँ। समीर, साँस, खिलखिलाहट, पराग, बावली, पगली, अंचल, नीलवसन, यौवन, मतवाली, भोली-भाली, प्रेम, वेदना, भ्रांति, सुख, सब कुछ देता यह ढविपोचाररशंख।

इधर मैंने औरतों के बारे में सोचते सोचते सोचते रहने से बचने के लिए एक नयी तरकीब निकाली है जिसे क्रमभंग कहते हैं और जिसके नियमित उपयोग से अर्थ गर्भित होने से बचाव हो जाता है। यद्यपि प्रकृति का नियम ऐसा ही है कि जो प्राकृतिक है और सरल है वह होता चला जाता है पर मैं ऐसा नहीं मानता। उदाहरणार्थ भक-भक करती लेटी-बैठा औरतों से लदी-फँदी विचारों की रेल खुली पटरियों के बीच सहसा रुक जाए तो वह नहीं बदल जाता जो हो चुका है। मान लीजिए किसी ज़नाना जनित शतरंजी समस्या पर विचार करते-करते अगली चाल आते-आते मेरा दिल बीच ही में कुचक जाए तो इससे यह नहीं निकलता कि जो भी मैंने उस मुहानं तक पहुँचने का प्रयत्न किया था वह वहाँ तक पहुँचने का या उसके पार जाने का प्रयत्न ही नहीं था। इसीलिए शुरू करने को मैं अधिक महत्त्व देता हूँ। मैं एक तरह का शुरूआतवादी हूँ।

नत्थू सुन्दर को मारने के लिए गँड़ासा चलाता है, पर इत्तफ़ाक से सुन्दर सहसा हट जाता है और वार चूक जाता है।

नत्थू सुन्दर को मारने के लिए गँड़ासा चलता है, वार अचूक बैठता है और सुन्दर सिर-विहीन हो जाता है।

मैं दोनों ही स्थितियों में नत्थू को बराबर सज़ा दूँगा क़ानून कुछ कहे।

एक भरापूरा शरीर सहसा एक विचारों की रेल के बीच में कूदने की कोशिश करता है। हर भाँति परिपक्व होते हुए भी वह असफल होगा क्योंकि उसे कुछ देर अवश्य लगेगी इसके पहले कि वह सोचना सही माने में शुरू कर सके। और असली बात तो यह है कि सोचना अनादि अनन्त और सतत है जब कि कोई भौतिक घटना क्षणिक सिमटी और खंडित है। मेरे पास ऐसा चाकू हो सकता है जिसे सम्पूर्ण जीवन की अवधि में डबल रोटी के बीच मैंने सिर्फ़ एक बार भोंका हो पर ऐसा मस्तिष्क नहीं हो सकता जिसने कोई विचार एक बार विचारा हो। इसलिए घटनाएँ जिनका आधार भूत भौतिक है आपस में एक दूसरे से तार्किक रूप से असंबंधित होती हैं चाहे वह वही चाकू हो जो कई डबल रोटियों को पिरोता चला जाए। अतः आप जो चाहें करें पर जो चाहे सोचें नहीं क्योंकि फिर उन्हीं यादों, आशाओं, समझदारियों इत्यादि को सोचना पड़ेगा भूलों, निराशाओं और मूर्खताओं के रूप में पुन-पुन जान पुन-पुन जानी पुन-पुन

पिरोई। हाँ, जब विचार एक औरत हो तब जितनी औरत हो उतना ही मरोड़ें यद्यपि मरोड़ने के विविध ढंग हैं और कैसे मरोड़ते हैं इस पर निर्भर करता है कि औरत का कौन सा हिस्सा है और एक बार मरोड़ देने पर मरोड़ने की रेल शुरू हो जाती है और इस रेल में भी एक ज़नाना डिब्बा है जिसमें ऐसे वैसे का प्रवेश निषेध है। क्यों न अट्टहास कर उठे रक्त का राजा क्यों न हो उठे विकल तन!

एक लड़की मेरे जीवन में धीरे-धीरे आई। मैं रहा किये मुख नीचा कमल समान प्रथम उपन्यासकार का ज्यों सुन्दर परिच्छेद। मुझे पता नहीं चला। वह जानबूझ कर आई। मेरा कुतूहल रह न सका फिर मौन। साहित्य से उसका कोई लेन देन नहीं था। उसे पैसों की ज़रूरत थी। उसकी माँ बीमार रहती थी। उसका नाम कामिनी था। वह काम गोत्र की बलिका थी। आह! वह मुख! पश्चिम के व्योम बीच जब घिरते हों घनश्याम। दारागंज की करुण कामना मूर्ति।

नित्य प्रातः विचारों की रेज़गारी ले मैं जाया करता वनस्पति ख़रीदने। ख़ाली जेब हाथ में झोला बना रहता जीवन रहस्य निरुपाय। राह में मिलते आते जाते तमाम आगंतुक जीव जंतु। कभी मन होता किसी से कहूँ कौन हो तुम वसंत के दूत विरस वनस्पति में अति दुनियादार। पर हिम्मत न पड़ती। ज़बान पर ताला पड़ जाता। एक दिन की बात है। लगा तरकारी बाज़ार में चूड़ियाँ खनखनाती मंद पवन प्रेरित सौरभ साकार रचित परमाणु पराग शरीर खड़ा हो ले मधु का आधार और पड़ती हो उस पर शुभ्र नवल मधु-राका मन की साध। कामगोत्रजा।

सुना वह किसी पाठशाला में छोटे बच्चों को पढ़ाने का खेल करती थी। उसे देख कर कोई वयस्क उसे अध्यापिका नहीं कह सकता था। वह बच्ची लगती थी। हर ओर से दो छोरों को छोड़। इसीलिए शायद उसके स्कूल वाले उसे आधी तनख़्वाह ही दिया करते थे। मैंने जब सुना तो उसके कहने में आ गया और घर बैठे स्कूल के चलाने वालों के बारे में बुरी राय बना ली ऐसी विश्वास भरी थीं उसकी बातें। छूत का भोलापन पनपाती।

कामिनी। कामिनी से मुलाक़ात। कामिनी से मुलाक़ात अजीब ढंग से हुई।

कामिनी से मुलाक़ात अजीब ढंग से हुई :एक दिन । कामिनी से मुलाक़ात अजीब ढंग से हुई एक दिन दारागंज में । कामिनी से मुलाक़ात एक दिन दारागंज में तरकारी ख़रीदते समय अजीब ढंग से हुई ।

वह अपना सामान तौलवा चुकी थी । उसने अपने दो बटुओं के बोच हाथ डाल कर पैसे निकाले तो कम थे । मैं पैसा होता तो वहाँ से न निकलता । तरकारी वाली बोली जितने पैसे कम हैं उतने की लौकी वह निकाल कर तब सौदा देगी । उत्तर में वह बटुए हिला-हिला कर बहस कर रही थी जब वह रोज़ रोज़ यहाँ से तरकारी ख़रीदती है तो ऐसा नहीं करना चाहिए । पैसे कहीं भाग तो नहीं जाएँगे । तरकारी वाली यही बात लौकियाँ हिला-हिला कर तरकारी के लिए कह रही थी । मुझे दोनों ही की बातें अजीब लग रही थीं । पैसे कैसे भाग सकते हैं । तरकारी कैसे भाग सकती है । पर व्याकरण के अनुसार उनके वाक्य सही थे । और अपनी-अपनी जगह उन दोनों को अपनी-अपनी बातें बे-तुकी नहीं लग रही थीं । इसलिए सम्प्रेषण का बाज़ार गर्म था । किसी तरह लौकी बटुए बीच तोपचन्द बन मैंने बीच बचाव किया । एक तरह के बटुओं को दूसरी तरह की लौकियों से अलग किया और तरकारी स्वरूप जितने पैसे कम पड़े मुझे देने पड़े । हिलना डुलना बन्द हुआ आँखों ने चैन की साँस ली ।

कामिनी ने वहीं पर सहज रूप से मेरे हाथ पर अपना हाथ रख कर मिटा उत्कंठा सविशेष कहा कि वह मुझे जानती है, उसे मालूम है कि रेल के पुल के पास तिकोने वाले मकान में ऊपर वाले कमरे में मैं रहता हूँ, और वह शाम को ही मेरे पैसे मुझे वापिस पहुँचा देगी । लगा दे रहा हो कोकिल सानन्द सुमन को ज्यों मधुमय संदेश । वहाँ से निकले पैसों को पाकर चूमने का मन हुआ पर ऊपर से मैंने यह कह कर अपना बड़प्पन जताया कि इसकी क्या ज़रूरत है । मेरे पैसे आप के पैसे आप के पैसे मेरे पैसे । जोड़ना चाहता था कि इन्सान ही इन्सान की मदद करता है पर फिर न जाने क्यों रुक गया उसे देख कर । परी ।

कई दिन बाद एक शाम वह सीढ़ी चढ़ आई । मेरे कमरे का दरवाज़ा खुला था । पहले उसका सिर दीखा । काले बालों के बीच सफ़ेद माँग । नीचे साँवला गोल चेहरा लम्बी ग्रीवा पर टिका हुआ मस्तूल पर उगते सूरज सा । ढुलकते कंधे । तब उठे उरोज । सफ़ेद धोती में लिपटी पूरी कामिनी उतरा आई । मैं रहा किनारे बैठ । चकित ! वह आएगी आशा नहीं थी । अन्दर कहीं प्रतीक्षा तब भी थी । और अब अधिक उत्साह तरंग अबाध । पहले से अधिक असल । उसकी ओर से बिना किसी प्रत्याशा के योगदान के । अपने को समेट कर उसे

पृथकता प्रदान करने का प्रयत्न भी नहीं चाहिए। उसका आलोक स्वयं ही फैल कर मेरी शून्यता को भर रहा है टप, टप, टप।

कामिनी ने सोचा अब उसके यहाँ चलना चाहिए। अब उसने प्रतीक्षा करना बन्द कर दिया होगा। अजीब आदमी है। तरकारी ऐसे झोले में उठा कर रखता है मानो फूल हों, अनमोल मोती हों। कैसा होगा उसके हाथों का स्पर्श। उँह! कौन जाने। शुरू में सब ऐसे ही लगते हैं फिर निकलते हैं ऐसे वैसे। नाम भी कैसा पुराना-सा है। श्रद्धादेव। यह भी कोई नाम है। इससे तो अच्छे नाम हैं राम, कृष्ण, बुद्ध, बूद्धू! घूमने का मेरा अभ्यास है। और पास ही तो है। यही सीढ़ी ऊपर जाती होगी। पता नहीं है भी कि नहीं। बैठा होगा संन्यासी की तरह। क्लांत। हताश। चुपके से ऊपर चढ़ जाऊँ। चिहुँकेगा तो मज़ा आएगा। एक। हौले-हौले। एक, दो। हौले-हौले। एक, दो, तीन। चुप चुप चुप। है। पहले सिर दीख रहा है। छोटा। मेरा-सा। गोल मेरा-सा। फिर धीरे धीरे बड़ा होता शरीर। पूरा मनुष्य। अज्ञात, जटिल, असहाय, घबड़ाया हुआ, मुझसे, आगंतुक से, भविष्य से। काम के डर से।

सीढ़ियों की लहरों ने उसे उठा मेरे कमरे की गोद में लाकर चुपके से धर दिया। अंतरिक्ष से उसका पैर लड़ा और वह गिरने को हुई। मैंने झट उठ उसे सहारा दिया।

—रुको कुछ देर ऐसे ही खड़ी रहो नहीं तो साँस और तेज़ चलने लगेगी, घबड़ा जाओगी, मैंने कहा।

—नहीं, कुछ भी तो नहीं हुआ, मैं ठीक हूँ, कामिनी ने काकली के स्वर में कहा।

—वास्तव में यह सीढ़ियाँ ही बहुत बुरी हैं, कहीं ऊँची, कहीं नीची, कहीं टूटी, हर बार गिनो तो अलग गिनती, पता नहीं हैं कितनी, और तुम बिना इन्हें जाने, बिना मुझे पुकारे, चढ़ आईं, कहीं रास्ते में ही ठोकर नहीं खा गयीं यह क्या कम है, मैंने उसे अंक से अलग कंधे पकड़ खड़ा करते हुए कहा।

आदमियों के द्वारा इतने यथा नियम ढंग से व्यवहार पाने की अभ्यस्त न होने कारण कामिनी असमंजस में पड़ गयी। मैंने एक बार उसके कंधे हलके से दबा कर महसूस किया कि वह साबित और ठोस है और फिर हाथ गिरा लिए। आमने-सामने खोए से खड़े हो गए श्रद्धादेव और कामिनी। ठगे से मनु और श्रद्धा। सगे से राम और सीता। पगे से कृष्ण और राधा। जगे से बुद्ध और यशोधरा। भगे से भर्तृहरि और पिंगला। लगे से दो पथिक से। एक सिंधु था तो वह लहर। एक प्रभात तो वह किरण।

बर्तन मांजनेवाली श्यामा आई और काम में लग गयी। एक रेल पुल पर चढ़ी और उतर गयी। सूरज क्षितिज में डूब गया। रजनी का प्रथम प्रहर। जब मुझे पैसे मिलेंगे तब श्यामा को। मुझको और श्यामा को, आज को और कल को, पैसा बाँधता है। तब तक गाड़ी कैसे चलेगी। दारागंज बर्तन माँजने-वालियों से भरा है।

—बाबू जी आटा ख़त्म हो गया।

—कहीं बचा रखा होगा।

—सब जगह देख लिया।

—इतनी जल्दी कैसे सब जगह देख लिया।

—जगह ही कितनी है।

—अच्छा, लाता हूँ।

स्वदेशी संस्कृति का आटा लुप्त हो गया। गेहूँ का रंग रह गया दाना-दाना चुग गया। चुके आटे-से हम सब ख़ाली पराँत में। न हम पराधीन होते न आटा गीला होता। ग़रीबी ने सब को बेहद बराबर कर दिया। जिन्हें नहीं किया वे आकाश। अब आकाश-पाताल कौन एक करे जब एक दूसरे से आकाश-पाताल का अन्तर मानते हैं। ईंट से ईंट बज गयी और हम इधर-उधर की हाँकते घूमते हैं। ऊँट को जीरा नहीं और उल्टा चोर कोतवाल को डाँटे तब ऊँट किस करवट बैठे उल्टी खोपड़ीवाला जाने। सब एक थैली के चट्टे-बट्टे तब कौन एक आँख से देखे। ओस के चाटे प्यास नहीं बुझती फिर क्यों ओखली में सिर डाले। देशी अन्धी पीसे विदेशी कुत्ते खायें तब अन्धा क्या चाहे दो आँखें ऊपर से अंधों में काने राजा अन्धियों में कानी रानी। काला अक्षर भैंस बराबर अब क्या वर्षा जब कृषि सुखानी। कोल्हू का बैल कैसे कान हिलाए। खटाई में पड़े-पड़े ख़ाक छानी तो लगे गड़े मुर्दे उखड़ने और नेता लगे गागर में शब्दसागर भरने। आटा गूलर का फूल हो गया। घर फूँक तमाशा देखा घाट-घाट का पानी पिया तब बना कवि और घाव हरा हो गया। आटा ढूँढ़ने निकला तो छठी का दूध याद आ गया। आटा लाने से कैसे जी चुराता कौन लाता। श्यामा से पूछा—निकलूँ, झक मारूँ ? महासेवी श्यामा टस-से-मस नहीं हुई खड़ी रही कोलतार के पीपे सी नहाती भैंस।

सीढ़ी से उतर मनु और श्रद्धा चले आटे की खोज में। यह कौन माई के लाल जा रहे हैं। कंधा दबोच कामिनी को टक्कर से बचाया। सिर छाते-सा उठाए, आँखें ऐनक-सी निकाले, कंधे नाव-से मँडराते, हाथ पतवार-से डुलाते, कमर किराए के कमरे-सी नदारद, पैरों से मक्खियाँ मारते ! आह, याद आया। आत्माराम हीरालाल बन्दोपाध्याय कवि। महालेवी जी के शिष्य।

पक् टक टन टन टक टक टन पक् पक् पक्। चलो डूबते को सहारा मिला। धनिया की अम्माँ चलती पनचक्की के मुहाने धनिया को अपना दूध पिलाती एशिया-सी पसरी है। तीसरी दुनिया।

> 'मार्च ग्यारह : तीसरी दुनिया में बच्चे शीशी का दूध पीने के कारण मर रहे हैं। सूखे दूधवाली माँएँ पिसे दूध का गंगाजल धूल-धूसरित शीशियों में भर-भर बच्चों के मुँह में लगा-लगा उन्हें रोगी, पंगु और मूर्ख बनाए डालने में मगन हैं। स्तन्यदान महाकल्यान। न मिलावन, न उबालन, न निष्कीटन, न धोवन, न पोछन, न सुखावन। न टूटने वाले सुन्दर गोल-गोल मन लुभाने वाले मांसल डिब्बों में सुरक्षित आदि दूध। मुँह लगाओ और पीलो। फिर भी स्तन हार रहे हैं आयात किए पिसे दूध के टीन के डिब्बे नगरों में महामारी फैला रहे हैं। विज्ञापनों में से निकली दूधिया पोशाकें धारे मुसकराती नर्सें पिसे दूध के नमूने मुफ़्त बाँट रही हैं और बन्द होता जा रहा है स्तन्यदान। नमूनों पर क़ानूनन लिखी हिदायतें और काला अक्षर भैंस बराबर। शीशी, बोतल, सुराही, भगोना, बटलोई, घड़े, इटली, इंगलैंड, आस्ट्रेलिया, अफ्रीका, अमरीका, एशिया-सी लगती औरतें भूलती जा रही हैं अपना माँपन।'

अब तक न जाने कितनी रेलें धड़-धड़ इधर से उधर पुल पर गुज़र गयी होंगी। मेरी और श्यामा की, मनु और श्रद्धा की, आज की और कल की, रेल चली जाए रे, रेल चली जाए रे, टन टन टन, पक् पक् पक्, छुक् छुक् छुक्।

कुछ कलम के पट्ठे ऐसे होते हैं जिनकी कलम कभी खड़ी नहीं होती इसलिए इधर-उधर वह कुछ देख नहीं पाते अन्धे से तन मन धन से काग़ज़ कलम किताब के दास बने रहते हैं चुपटापते। यह काग़ज़ी शेर कलमी कलम को हवा में चलाते हैं और कहलाते हैं कवित्या टोपे, कहाजी प्रताप और टकनाना फड़नवीस। ऐसा ही एक कलम का दारोग़ा है यदुनाथ।

यदुनाथ एक दैनिक अख़बार का सम्वाददाता है। साप्ताहिक और मासिक पत्रिकाओं में अपनी रचनाएँ भी छपवाता रहता है। उसके हाथ में बहुत नाम है, शक्ति है, पैसा है। सफल होने से बच नहीं सकता। उसे कलम सिद्ध है। उसके छोटे क़द मोटे शरीर और काले रंग को देख कर कोई नहीं कह सकता

कि बहुत से स्थानों पर सम्मान उसके इशारों पर नाचता है। कुछ ज़्यादा उम्र के यदुनाथ से उसकी भेंट मनीष ने कराई थी। मनीष ने बताया था कि अगर मुझे स्थानीय साहित्यिक तिलिस्म में प्रवेश करने की तमन्ना है तो यदुनाथ से अवश्य मिलना पड़ेगा। उसकी इच्छा के बिना यहाँ का एक भी शब्द हिल नहीं सकता। वही साहित्य के दुर्ग के द्वार का प्रहरी है। वही रामप्रिय जी की मेज़ की जान है। ग़ज़ब का वाचाल है। हर काफ़ीघर में कुर्सी होती है, मेज़ होती है, रद्दी काफ़ी होती है, पानी का गिलास होता है, बसन्त होता है, और एक यदुनाथ होता है। वह नगर की हर समिति में रहता है, हर गोष्ठी में मंच पर बैठता है, हर चाय-पानी में अपने क़द के बावजूद दूर से दिखलाई या बुलन्द आवाज़ के कारण सुनाई पड़ जाता है, हर विषय पर बोलता है जैसा और कोई नहीं बोल पाता, मनीष भी नहीं और दोस्त किसी का नहीं होता या सबका।

मनीष और यदुनाथ की मुलाक़ात का बयान

काफ़ीघर की गरम भट्ठी के किनारे वाली मेज़ पर दो आदमी लेखकियाना पौशाक पहिरे बैठे हैं और आपुस में धीरे-धीरे बातें कर रहे हैं। एक की उम्र लगभग चालीस वर्ष के होगी। काला रंग, छोटा कद, सिर्फ पायजामा और चुस्त कुरता पहिने हुए, प्याला कलम आगे रक्खे, घुटना साथी के साथ लगाए बैठा है। खूंखार आँखें चमक रही हैं, चेहरे से समीक्षक और आलोचक झलक रहा है, इसका नाम यदुनाथ दारोग़ा है।

दूसरा शख्स जो उसी के सामने बैठा है उसका नाम मनीष है। मेयाना कद, चुस्त पायजामा ओर कुरता पहिने, छुरी से लाल चटनी मुँह में रख रख, यदुनाथ की बातें खूब गौर से सुन सुन जवाब देता जाता है।

—तुम्हारे मिलने से बड़ा सहारा हो गया, यदुनाथ ने कहा।

—इसी तरह से मुझको तुम्हारे मिलने से, मनीष ने जवाब दिया।

—देखो यह कलमनासा (हाथ में कलम ले कर) इसी से हज़ारों कवियों की जाने जायंगी, मैं सिवाय इसके दूसरा हरबा नहीं रखता। यह ज़हर से बुझाया हुआ है, जिसे ज़रा-सा भी इसका जख्म लग जाय फिर उसके बचने की कोई उम्मीद नहीं।

—बहुत हैरान होने पर तुमसे मुलाकात हुई।

—मुझे तुमसे जरूर मिलना था, इसीलिए इश्तिहार चपका दिया जिसमें अपना ठिकाना 'टेटी चोटी' लिखा। मुझे यकीन था कि तुम कलमैयारी जानते होगे इसीलिए कलमैयारी बोली में अपना ठिकाना लिखा।

—ऐसी ही कुछ थोड़ी सी कलमैयारी सीखी थी, मगर तुम इस फन में ओस्ताद मालूम होते हो, तभी तो श्रद्धादेव की बोटी-बोटी काट कर मिला लिया, मनीष ने कहा।

—ओस्ताद तो मैं कुछ भी नहीं मगर हाँ उस छोकड़े के लिए बहुत हूँ।

मेरा परिचय यदुनाथ से बहुत कम था। फिर भी एक दिन मेरा कंधा छू कर यदुनाथ मुझे अलग ले गया। अपना-अपना ढंग। अलग ले जाने से एक गंभीरता ।का वातावरण पैदा होता है। सुनने वाले को भी लगता है कि वह महत्त्वपूर्ण व्यक्ति है। इस तरह के लघु-लघु महत्त्वों को यदुनाथ बहुत-बहुत महत्त्व देता है। इससे उसका कहना है कि अमन और चैन बनाए रखने में बहुत सहूलियत होती है। उसने कहा—अखिल भारतीय रंगमंच का निमन्त्रण मिल गया? मैंने कुछ दबे स्वर में कहा—हाँ, सुबह मिला तो है, पर...। यदुनाथ ने अपनी दोनों एड़ियाँ उठाते और धरते हुए कहा—पर-वर कुछ नहीं, वह मैंने तुम्हारे पास भिजवाया है। इस पर मैं क्या कहता। चेहरे से कुछ कृतज्ञता दर्शाने की असफल कोशिश की जो एक बेबस मुसकान में अनुवादित होकर रह गयी। यदुनाथ शायद मेरे इसी चेहरे के बनने की प्रतीक्षा कर रहा था। जब वह पूरी तरह से बन गया तब वह फिर बोला—तुम आना ज़रूर, वहाँ मुझे तुम्हारी ज़रूरत पड़ेगी। इसके पहले कि मैं कुछ बोलूँ, यदुनाथ वहाँ से हट गया और भीड़ में मिल गया। मैं अकेला रह गया।

कई दिन बाद मेरी भेंट फिर यदुनाथ से हुई तो यदुनाथ ने कहा:

—तुम आए नहीं...मैं जानता था तुम नहीं आओगे।

मैंने जल्दी-जल्दी कुछ बहाना ढूँढ़ कर न आ पाने का कारण समझाना चाहा तो यदुनाथ मुझे इशारे से चुप करवाते हुए फिर बोला:

—तुम्हारे लिए मेरे मन में इज्ज़त बढ़ गयी है, तुम लचर आदमी नहीं हो, अब बहाना बना कर मेरी इस भावना को कमज़ोर मत करो, तुम्हारे काम आएगी, तुम काम के आदमी बन सकते हो।

अब मुझसे न रह गया। मैंने कहा:

—काम का आदमी बनने का मेरा तनिक भी इरादा नहीं है और मैं इसकी रत्ती भर भी पर्वाह नहीं करता हूँ कि कोई मेरे बारे में क्या सोचता है,

और अगर कोई मेरे बारे में कुछ भाव रखता है तो वह जाने, मेरी कोई ज़िम्मेवारी नहीं है कि उसके भाव को बनाए रखूँ।

मैंने चेहरा उठा कर देखा तो यदुनाथ हँस रहा था। उसने मेरे कंधे पकड़ कर कहा :

—शाबाश, तुम्हारी ही तो मुझे तलाश थी, मौसम कितना अच्छा है।

मैं इस दाँव के लिए बिलकुल तैयार नहीं था। हर तरह से जैसे मैं यदुनाथ की ही इच्छा का पालन कर रहा था। अजब, बेबस-सा महसूस कर रह गया।

डायरी का एक पन्ना
(अनुवादक : श्रद्धादेव)
(तिथि नदारद, क्रम संख्या १०४८, ई० १८५०)

'मैं औरों से अलग हूँ। मैं ज़िन्दगी से अलग हूँ। मैं सब से ज़्यादा अलग हूँ क्योंकि कवि हूँ। क्योंकि कविता से मैंने कोई लाभ नहीं उठाया है। क्योंकि मैंने कभी सभाओं में ताली नहीं कमाई है, न उनमें गया हूँ। वरन् मुझ पर लोग सड़कों पर हँसते हैं जो वास्तव में मेरा कार्यक्षेत्र है। क्योंकि मैं परले दर्जे का मूर्ख हूँ। ओ पाखंडियो, तुम्हारी लालसा तुम्हें औरों से अलग नहीं करती, तुम्हारा आत्म-प्रेम उसमें बाधक है। तुम्हारी व्यवहारकुशलता तुमसे जीवन में बहु-धन्धे करवाती है जहाँ तुम्हें लाभ के, नाम के, लालच हैं और जिसे तुम जीवन में पूरा भाग लेने का नाम देते हो। ओ दम्भियो, तुम अपनी कायरता को गम्भीरता का जामा पहना कर भीड़ में कूद पड़ते हो, उससे अलग नहीं रह सकते, क्योंकि तुम प्रकृति से अगंभीर हो। तुम देशप्रेम के नेता हो पर देश के दुःख-सुःख से नासमझ। तुमने स्वतन्त्रता-संग्राम में हिस्सा ले कर इस देश को बचाया अवश्य है पर केवल इसलिए कि इसे प्रांतीय, संकरा, व्यवसायी, मामूली, कमेटियों का स्वर्ग, और इतिहासविहीन बना कर छोड़ देने का अधिकार प्राप्त कर सको। तुम बस यह सोचने में मगन हो कि तुम्हारे पिद्दी भाषण, तुम्हारे नाम, इतिहास में टँक जाएँगे।'

आज इन बातों को इस जन्म में दूसरे ढंग से कहूँगा। पर बातें यही होंगी। ऐसा कुछ भी नहीं है जो और तरीकों से पहले न कहा जा चुका हो। पर नया यह है कि कैसे कहा। जब क्या हावी होता है तब आदमी ऊपर से गम्भीर

लगता है। जब क्या से कैसे तक की यात्रा सफल हो जाती है तब वह वास्तव में गम्भीर हो जाता है। तब वह कुछ जोड़ता है।

एक कमेटी में बैठ कर आत्मानन्द जी ने कहा :

—मैंने जब भी जितना विचार इस समस्या पर किया है उससे हर बार मैं इसी निष्कर्ष पर पहुँचा हूँ कि हमें हर दृष्टि से तटस्थ भाव से निर्णय लेना चाहिए। कवि होने के नाते मेरा उत्तरदायित्व इस विषय पर अपना मत व्यक्त करते समय और भी बढ़ जाता है। मेरी तुच्छ समझ से प्रकाशकों द्वारा सताए गए कवियों की ओर हमारी सरकार का ध्यान आकर्षित होना चाहिए और अन्य करदाताओं की कठिन परिस्थितियों के बावजूद उन्हें आपत्कालीन सहायता दी जानी चाहिए। सब बातों को ध्यान में रखते हुए हम निर्णय लेते हैं कि कवियों-की-बस्ती को कम्पनी-वाटिका से जोड़नेवाली सड़क का तुरन्त निर्माण होना चाहिए क्योंकि इससे अधिकाधिक कल्याण होगा। यद्यपि हो सकता है कि ऐसा क़दम उठाने से कुछ नागरिकों को असुविधा हो जिनके मकानात रास्ते में पड़ते हैं। मुझे पूरा विश्वास है कि स्थिति की गंभीरता को ध्यान में रखते हुए कमेटी के अन्य माननीय सदस्य इस मानव कल्याण के हित में प्रस्तुत किए गए निर्णय को एक मत से स्वीकार करेंगे, इत्यादि। जो स्वीकार नहीं करते वे कायर हैं। कायर की गति कायर जाने और न जाने कोय।

इस कमेटी में दिए गए भाषणों, निर्णयों, तथा वाद-विवादों का सम्पादन कर आत्मानन्द जी ने एक ग्रंथ समाजवादी सरकार के व्यय से छपवाया। इस ग्रन्थ का समर्पण इस प्रकार किया :

'पूज्य पिताजी को जिन्हें जाँघिया पहनना बहुत अच्छा लगता है और चिरंजीव मुन्ना को जिसे पजामा पहनना उतना ही अच्छा लगता है।'

यह आत्मानन्द जी की दूरदर्शिता का ही द्योतक है कि पुस्तक के विषय के अनुरूप ही उन्होंने दार्शनिक ढंग से समर्पण को निभाया। जैसा कि आत्मानन्द जी स्वयं ही देख रहे हैं कि संगीन प्रश्न तभी उठ खड़ा होता है जब वे अपने पिता जी और अपने मुन्ने को सीमित कपड़ा ही लाकर दे सकते हैं। प्रश्न यह है कि इस कपड़े को पजामे-जाँघिए के बीच कैसे बाँटा जाए कि सामाजिक उपयोगिता की दृष्टि से अधिकाधिक मानव कल्याण हो और फलस्वरूप विश्व में अधिकाधिक शांति एवं आनन्द की स्थिति स्थापित हो। ऐसी हर कठिन समस्या का हल हर प्रकार की कमेटी में विराजते आत्मानन्द जी के पास है यह देखकर शत्रुओं ने भी दतों ताले उँगलियाँ दबा लीं।

रामप्रिय जी, मनीष, यदुनाथ, इत्यादि के संगसाथ में मेरा जीवन सरिता के समान प्रवाहित होने लगा जिसके एक कूल पर ईर्ष्या, द्वेष, आदि डोलते थे और दूसरे कूल पर दलबन्दी, आपसी-प्रशंसा, इत्यादि का बोलबाला था। कभी-कभी मैं अपने से अलग कर के जब इस दृश्य का सिंहावलोकन करता था तो मेरे आँसू छलछला आया करते थे और लगने लगता था कि जीवन सरिता मेरी ही नाक के नीचे से बही चली जा रही है और मैं कुछ भी नहीं कर पा रहा हूँ अपाहिज-सा। और फिर मेरी चेतना इसके पहले कि ज़्यादा नुक्सान हो लौट आया करती थी इसी संसार में फलने-फूलने के लिए।

उन व्यक्तियों के बीच में जो बराबर क्षमता के साथ लाठी चला सकते हैं, अपनी-अपनी दृष्टि में, बराबर सफलता के साथ भैंस पर उतनी-उतनी मात्रा में आधिपत्य जमा सकते हैं जितनी-जितनी कि उनकी-उनकी इच्छा है, और उनमें से प्रत्येक की इच्छा शक्ति का उस स्थिति के बने रहने के लिए माप इससे निर्धारित होता है कि कौन कितना इच्छित स्थिति के प्राप्त होने के लिए आवश्यकता पड़ने पर अधिकाधिक निर्लज्ज होने की क्षमता से लबालब है। नियम नं० १।

गंगापार झूँसी में निवास करने वाली दिवंगत कवि द्वारिका प्रसाद दुबे की पत्नी चन्द्रकला जी ने ज्येष्ठ कन्या के विवाह हेतु परामर्श एवं सहायता के लिए लेखक बंधुओं को बुलवाने का सन्देशा भेजा। उस समय तक दिन दोपहर से कुछ ज्यादे आ चुका था, और उस वक्त तक मनीष ने स्नान पूजा कुछ नहीं की थी। किसी तरह यदुनाथ, उत्तमौजा, मुझे तथा अनेक लोगों को इकट्ठा कर मनीष अपने डेरे पर आए और स्नान पूजा करके कुछ भोजन किया।

मनीष तथा यदुनाथ एकान्त में बैठकर इस बात की सलाह करने लगे कि 'हम लोग अपने साथ किस किसको गंगापार ले चलें'।

यदुनाथ : उन्हीं लोगों को अपने साथ ले चलना चाहिए जिनके सामने चन्द्रकला जी हो सकें।

मनीष : हम आप और श्रद्धादेव तो जरूर ही चलेंगे। बाकी जिस-जिस को आप चाहें ले चलें।

यदुनाथ : बहुत आदमियों को साथ ले चलने की कोई ज़रूरत नहीं। हाँ, कवियों को जरूर ले चलना चाहिए क्योंकि इन लोगों से किसी किस्म का पर्दा रह नहीं सकता, बल्कि कवियों से पर्दा रखना ही मुनासिब नहीं है।

मनीष : आपका कहना बहुत ठीक है, इन कवियों के सिवाय और कोई इस लायक नहीं जिसे अपने साथ ले चलें।

बातचीत और राय पक्की करते दिन थोड़ा रह गया, यदुनाथ ने उत्तमौजा को उसी जगह बुला कर पूछा—यहाँ से चल कर गंगा पार झूँसी पहुँचने तक राह में कितनी देर लगती है? उत्तमौजा ने जवाब दिया—अगर इधर-उधर ख़याल न कर के सीधे ही चले चलें तो पाँच छः घड़ी में पहुँचेंगे। मेरी राय इस वक्त वहाँ चलने की नहीं है, क्यों कि दिन बहुत थोड़ा रह गया है और बड़े बेढब रास्ते से चलना होगा। अगर अन्धेरा हो गया तो मुसीबत में पड़ सकते हैं।

चन्द्रकला जी को देख कर उनकी मदद करने के लिए मनीष बहुत घबड़ा रहे थे मगर इस वक्त उत्तमौजा की राय उनको कबूल करनी पड़ी।

आर्थिक पदार्थों के अलावा कुछ ऐसी भी वस्तुएँ हैं जिनकी लोग-बाग बहुत माँग करते हैं। मुख्यतः इन्हें तीन श्रेणियों में बाँटा जा सकता है। (१) ऐसी वस्तुएँ जो प्रायः सबको बिना किसी त्याग के मिल जाती हैं—जैसे हवा। (२) ऐसी वस्तुएँ जो सबको नहीं पर पाने वाले को बिना किसी त्याग या परिश्रम के प्राप्त हो जाती हैं—जैसे क्षत्रियरक्त। (३) ऐसी वस्तुएँ जिन्हें प्राप्त करने के लिए पानेवाले को परिश्रम या जुगाड़ बैठाने का कार्य करना पड़ता है—जैसे कोई-न-कोई पुरस्कार। साधारण स्थितियों में न इन पर कोई कर होता है और न ये बिकती हैं यद्यपि ऐसी स्थिति की कल्पना की जा सकती है या वास्तव में हो सकती है जहाँ साधू, बाबा, एजेन्ट, देवी-देवता, दूती, या जादूगर आदि को धन भेंट कर दूसरी या तीसरी श्रेणी में पड़नेवाली वस्तुओं को प्राप्त करने के लिए प्रयत्नशील हममें से बहुत से हों, हों, हों।

रामप्रिय और यदुनाथ दोनों का उद्देश्य एक है—लोकहित। परन्तु दोनों के मार्ग भिन्न रहे हैं हर युग में। एक मर्यादा की रक्षा के लिए पीड़ा से कराहते

हुए अपना सर्वस्व बलिदान करते हैं। दूसरे हँसते हुए उसी उद्देश्य की पूर्ति के लिए हँसते हुए मर्यादा को निगोड़ी कर देते हैं। एक कल्याण के लिए घातक यन्त्रणा सहते हुए भी घरबार को निर्वासित कर देते हैं। दूसरे ठीक इसी कारण दूसरे के घरबारों को विधिवत् ग्रहण कर लेते हैं। परिणामस्वरूप इस युग के रामप्रिय जहाँ हमेशा कराहते नज़र आते हैं, यदुनाथ हमेशा हँसते दिखाई देते हैं, यद्यपि क्रोध और प्रतिहिंसा में दोनों ही रावण-से लगते हैं। बाहर से देखने में इन दोनों रूपों में विरोध दिखलाई देता है लेकिन सचमुच एक का चरित्र दूसरे का पूरक है। रामप्रिय जहाँ समाप्त करते हैं यदुनाथ वहाँ से आरम्भ। यही सब सोचता रहता हूँ जब खच खच खच बुलाकी की कैंची मेरे सिर के चारों ओर मँडराती रहती है और सफ़ेद कपड़े में लिपटा मोम के गुड्डे-सा मैं अकेला बैठा रहता हूँ तख़्तनाऊस पर।

अपकर्ता ने अकर्म को असिकरण से असावधान को अपादान से असम्बन्धित किया। अपक्क-हालाघर के सामने ऊपर को ओर बैठा मैं अपने अकमरे से अन्वीक्षण करता अकिंचित्कर। एक मटमैला धब्बा एक नीले अकिंचन के पास अकालकुसुम सा आया। एक चरकटा हाथ निकला गुंजनिकेतन-सा मँडराया और समा गया। जेब देखने लायक था जब गिरहकट ने सिंह, वृष, नाग, कलश, पंखा, वैजयंती, भेरी और दीपक निकाल जेरबारी सर्जन करी। अकावतार। अभागा अंकुशदंता भागा तो आती जाती अभागी बस के नीचे अभागा भागा भागा आ पिस गया। खींच के निकाला गया। हिलती मूँछों ने तलाशी ली। बक-ध्यानी मुंशी जी से निकला पत्र बँचवाया। पाने वाले का नाम गाँव लिखा। रोज़नाम्चा भरा। ख़बर भिजवा दो। अपति रोती गाती अभागी पड़ी रही। शाम को अकिंचन भोला-बिसरा लौटा तो अभागी लिपट गयी। ख़ुशी ख़ुशी अन्दर हाथ डाला तो अभागा शून्य में चलता चला गया। चलो अच्छा हुआ कुर्ता अभागे जीवन से छोटा होता है। जहाँ अभागी जेब वहाँ जेरबारी। वाह री हिलती मूँछें वाह रे बादशाह, तेरा कमाल!

उसे रोको (अल्प विराम) मत जाने दो (पूर्ण विराम)
उसे रोको मत (अल्प विराम) जाने दो (पूर्ण विराम)
अन्त भुला सो सब भुला।

मनीष और मैं एक बार यदुनाथ के घर गए। यदुनाथ कल्याणीदेवी में रहता है। कल्याणीदेवी शेष इलाहाबाद से वैसे ही जुड़ा है जैसे अजन्मा बच्चा माँ से नाड़ी से जुड़ा रहता है। दारागंज से बस ने ले जाकर घंटाघर वाले चौराहे पर बीच चौक उतार दिया। उसके बाद किन-किन गलियों से गुज़रना पड़ा कि बिना भूख के भूख लग आई। भूख गली, चारों ओर होता पाक यज्ञ, धूम पट, बीच-बीच में भोजनपसन्द देवताओं के मन्दिर, हर की अलग-अलग सवारी

अलग-अलग मिठाई अलग-अलग दिन अलग-अलग व्रत, सब मिल निराली जीवन लीला रचे हुए। हरी की दूकान के सामने वाली दूकान की कचौड़ियाँ चख ऊँजी उतर उदर पर झुक टीन के हंडे की पानी की टोंटी से निकलती पतली पानी की धार में अपनी चटी उँगलियाँ नहला-नहला फैली चोंच-सी मूँछों को भिगो रहे थे। मनीष ने पीछे जाकर मुड़ी पीठ पर धप्प से हाथ मारा तो हड़बड़ा कर मलाई के लड्डू-सी दोनों आँखें निकाल कर मुड़े। कुछ देर हीही हुआ कुछ देर ठाठा हुआ फिर बोले नये गीत का एक ग्रन्थ पूरा किया है।

—किसे समर्पित करेंगे यह ग्रन्थ, मनीष ने पूछा।

—हें, हें, हें, ऊँजी बोले।

—हें हें हें क्या, हाथ नचा मनीष ने एक बार उनका उदर छुआ।

—आप जिसे कहिए उसे कर दें।

—सतीश नाथ का समर्पण आप को अभी उतारना है।

—अरे, उनकी तो पतली-सी किताब थी और मैंने ही मुन्नू बाबू से कह कर छपवा दी थी, और यह तो पूरा ग्रन्थ है, और फिर...

—और फिर क्या...?

—आप से क्या छिपाना मनीष जी आप तो अपने ही आदमी हैं, इधर चुन्नी कह रही थी कि उसकी सहपाठिन के पिता ने एक किताब उसकी गणित अध्यापिका को समर्पित कर दी जिसकी वजह से उसकी सहपाठिन को सवाल में ज़्यादा नम्बर मिल गए, और आप तो जानते हो हैं कि चुन्नी गणित से कितना जी चुराती है।

—कहाँ पढ़ती है ?

—अरे वही सन्त मरियम में, हम लोगों के लिए तो आप जानते ही हैं कि सभी सन्त बराबर हैं, कल्याणीदेवी सब का कल्याण करें!

हम दोनों आगे बढ़े। घड़ी घड़ी इस नगर की गलियों की तारीफ़ करना तथा हर एक मिठाई और नमकीन की कैफ़ियत लिखना मुझे मन्जूर नहीं, क्यों कि इस छोटे से ग्रन्थ में अर्द्धकथा को शुरू से इस वक्त तक मुख्तसर ही मैं लिखता चला आता हूँ और आगे भी ऐसा ही लिखना है। सिवाय इसके इस नगर की गलियाँ कौन पतली लम्बी हैं जिनके लिए कई पन्ने काग़ज़ के बरबाद किये जायँ,

लेकिन इतना कहना ज़रूर है कि इस नगर की जितनी गलियाँ हैं चाहे छोटी भी हों मगर बनावट अच्छी है जिनमें सज्जन लोगों की बहार बढ़ी चढ़ी है।

यदुनाथ का घर एक चौकोर खम्भे की तरह है। एक कमरा नीचे एक कमरा ऊपर। नीचे दूरभाषक, टंकणयंत्र, गद्देदार कुर्सियाँ, मेज़े, फ़र्श, आदि, ऊपर पता नहीं क्या। सुबह शाम उसकी सहायता करने और टंकण करने एक पढ़ी-लिखी लड़की आती नाम माया। इसे चुनने और बनाए रखने का मुख्य कारण था कि माया आयकर का फ़ारम भरने में माहिर है।

हिन्दी के हर तरह के भूखे कवि यदुनाथ के यहाँ इसी गली से जानबूझ सुबह-शाम जाया करते हैं जिनके सामने माया यदुनाथ को यदुनाथ जी कहा करती है और मालिक-सा आदर देती है।

पहुँचते-पहुँचते दुपहर के बारह बज गए। मनीष ने मुझ पर प्रभाव डालने के लिए रास्ते में कह दिया कि देखना यदु हम लोगों को दुपहर का खाना ज़रूर खिलाएगा, बहुत मानता है।

यदुनाथ उर्फ़ दारोग़ा

इसके स्वभाव में चालाकी ठेठ थी। इसका मन पढ़ने-लिखने में कम लगता था पर इसने नामी, बड़ो, मोटी, महान, पुरानी से पुरानी, नयी से नयी पुस्तकों से कुछ-कुछ बातें ऐसी याद कर ली थीं कि नयी अनाड़ी सवारी के सामने झुक-झुका देता था जैसे कस्बे के स्टेशन पर वातानुकूल मेल झर बाँध देता है। लेने-लेने के सिवाय देने-देने की रुचि राई भर भी न थी पर ज़बानी जमाखर्च करने और काग़ज़ी घोड़े दौड़ाने में वह धुरन्धर का धुरन्धर था।

हम लोग पहुँचे तो नीचे के कमरे में माया थी। कमरे में फ़र्श बिछा था। फ़र्श पर तीन-चार गोल-गाल रंगीन-सफ़ेद तकिए रखे थे। तीन तरफ़ दीवारों पर बहुत से छोटे-मोटे चित्र लगे थे। एक ओर बड़ा पर्दा टँगा था। एक छोटा-सा झाड़ अपने चारों ओर कुछ रंग-बिरंगे शीशे की हाँड़ियों सहित लटक रहा था जिनमें बैठे लोगों के चेहरे उभर आते थे। एक ओर एक चौकी पर पानदान और टंकण का सामान सजा था। उसे बजाने वाली हम लोगों से बैठने को कह ऊपर कोठे पर चढ़ गयी।

मुझे लगा जिस समय यदुनाथ यहाँ ध्यान लगाकर बैठता होगा माया कुटीर में आ जाती होगी, वह एक गृहिणी की भाँति कुटीर का प्रबन्ध करती होगी, यदुनाथ ध्यानावस्थित न रह पाता होगा, उसके नेत्र खुल जाते होंगे, चाहे अन-चाहे वह एक पल माया से नयनाभिसार कर लेता होगा, और, किसी के बारे

में बुरा नहीं सोचना चाहिए, वह अपनी आँखें फिर बन्द कर लेता होगा कि फिर से ध्यान केन्द्रित हो जाए, पर, भगवान सबको शक्ति दे, यह उसके लिए असम्भव होता होगा जैसी कि कमल-सी बड़ी-बड़ी आँखें कैसी रसीली वाली माया है।

मनीष बैठा मज़ा लेता रहा, वीर रंग में तुरंग चढ़ यदुनाथ मुझे साहित्य का बुरा भला ऊँचा नीचा दाँव पाँव हाव भाव ठेल पैल हेर फेर बुझाता समझाता रहा, लगा नहीं ठहरेंगे कवि देस-देस के, बजते हैं निसाने द्वीप-द्वीप यदुनाथ के। मूँछन पै ताव दै दै तकियन पै पाँव दै दै बोलै सितारे-गढ़धारी कि सारी मोरी कविताही के उड़ाय गये जियरे।

इसी में बज गए एक। मनीष ने पेट पर हाथ धर कर कहा कि बड़ी भूख लग रही है। यदुनाथ मेरे उठे चेहरे और फैली आँखों को अभिभूत करने में जानबूझ कर लगा रहा और अनसुनी कर दी। खन्-खन् छिर छुर्रर्र से लगा खाना शायद ऊपर बन रहा है। एक किताब ढूँढ़ने का बहाना कर मनीष हम सबको ज़बरन ऊपर ले गया। तरह-तरह से अक्ल के घोड़े दौड़ाए, खाने की चीज़ों के नाम डाल-डाल तरह-तरह के वाक्य बोले, पर यदु नहीं सनका तो नहीं सनका। उल्टे अवसर पा यदुनाथ ने एक नये विषय पर बात छेड़ दी। बीच में मनीष ने तीन बेर खातीं ते वे तीन बेर खातीं हैं का जी भर भाषा वैज्ञानिक विश्लेषण भी किया पर कोई असर नहीं हुआ। वार पर वार खाली गया।

मनीष अपनी धुन में था, यदुनाथ अपनी रुनझुन में, और बीच में फँसा मैं सामने लटकते गमले में खिले एक बैंगनी फूल को निहार रहा था सोचता कि इसे देखने की किसी को फ़ुर्सत नहीं है।

जब कोई भी टस-से-मस नहीं हुआ तो आखिर समय का घड़ा फूटा और हम अलग हुए। कुछ दूर मनीष और मैं चुपचाप धूप में जिसमें छाया भी छाया माँगे चलते रहे। कल्याणीदेवी के मन्दिर पर आकर जब मैंने उसकी ओर आँख उठा कर देखा तो मनीष बोला—साले का खाना ठंडा तो कर ही दिया। मुझे लगा कि मनीष के मन में यदु के लिए इज्ज़त बढ़ गयी है। यदुनाथ अगर खाना खिला देता तो मनीष बाहर आकर उस पर हँसता। अब कुछ दिनों बाद मनीष एक बार फिर मुझे ले यदु के यहाँ जाएगा यूँ ही और इस बार यदु खिलाएगा। अकड़म बकड़म बो!

एक थे अक्कड़ एक थे बक्कड़। दोनों एक चक्की के दो पाट। जो बीच में नाक डालता उसकी पिस जाती। बच रहते दोनों वैसे के वैसे। अक्कड़ बक्कड़ की सुनो कहानी।

एक थे अक्कड़ एक थे बक्कड़। एक हैं अक्कड़ एक हैं बक्कड़। एक होंगे अक्कड़ एक होंगे बक्कड़। संसार की बुनावट में दो अपरिवर्तनीय इकाइयाँ।

अक्कड़ ने एक अदृश्य शब्द बक्कड़ की ओर फेंका। बक्कड़ ने उसे लोका! बक्कड़ ने एक अलक्ष्य शब्द अक्कड़ की ओर फेंका। यह आदान-प्रदान उठते-बैठते चलते-फिरते सोते-जागते रोते-गाते खाते-पीते बराबर चलता रहता है। यह रहस्य है दोनों के हमेशा हर जगह साथ पाये जाने का। शब्दहेरफेरबंधन।

इन दोनों के बीच मैं अक्सर फँस जाता। दोनों के बीच आदान प्रदान के चुम्बनीय प्रभाव का एक नमूना :

—मैं मिला था।

—अच्छा, कुछ बोला।

—बोलता क्या, दम हो तो बोले।

—कल आईं थीं।

—चलो आईं तो।

—न आतीं तो जातीं कहाँ।

—वे कल जनता से जा रहे हैं।

—अब जनता पर उतर आए।

—अब पता चलेगा बच्चू को।

—भई, मैं क्या करता, बहुत समझाया।

—मुझे मालूम है, पर मैं तो जानता था।

—पहले कभी कहा तो नहीं।

घंटों इस अश्लीलता को झेलता और न आर पाता न पार। लौट कर घर पर स्वच्छ जल से नहाता।

कभी-कभी कामिनी भी मुझसे इस तरह का आदान-प्रदान कर एक अप्रकट रिश्ता बनाने की कोशिश करती। साज़िश का मकड़ी का पिंजड़ा चारों ओर

बुना दिखलाई देने लगता जो जाकर एक बहुत बड़े महापिंजड़े से मिल जाता। जब इस पिंजड़े को तोड़ने की कोशिश करता तो वह झुंझला जाती :

—सुनो।

—हाँ।

—वह आज भी नहीं आई।

—कौन ?

—अरे श्यामा, और कौन !

—अच्छा।

—अब मैं ही करूँ तो हो।

—क्या ?

—तुम्हारा दिमाग़ कहाँ रहता है ? मैं क्या बक रही हूँ !

इस शब्दपिंजड़े में कौन, कहाँ, कैसे आदि शब्द वर्जित हैं। यहाँ सब जाना समझा हुआ है। शब्द केवल सूचना के काम आते हैं जिसका इंतज़ार पहले से होता है। नया कुछ भी घटित नहीं होता। यहाँ कुछ भी चुनने को नहीं है। हर भागीदार अपनी भूमिका अदा करता घूमता है बस।

कामिनी और मैं। आज सोचो तो अजीब लगता है। चल पड़े कब से हृदय दो जो भटकते थे भ्रांत यहाँ मिलने के लिए। एक अतिथि दूसरा गृह-पति। एक प्रश्न तो द्वितीय उत्तर। खेलता दो बिजुलियों से मधुरिमा का जाल। प्रगति थी पर सदा अड़ा रहता था अटकाव। नित्य परिचित हो रहे पर रह जाता कुछ शेष। मसलन एक दिन पता चला वह मेरी जेब से कुछ रुपए निकाल ले गयी। पूछा तो कहा : ज़रूरत थी। भोलापन।

आरम्भ में कभी कामिनी मुझे स्पृष्टक आलिंगन में बाँध लेती। कई बार अन्य ओर दृष्टिपात करती हुई मुझे देखती और मुझे भ्रमिष्ट चित्त जान पास रखी कोई वस्तु को उठाने के ब्याज से अपनी तिलपुष्प नासिका पास ला बिल्वफल की तरह कठोर उरोज से धक्का दे विद्धक आलिंगन में बँध जाती। अक्सर घने अन्धकार में सीढ़ियों पर चढ़ते समय दीवार के सहारे दबा वक्ष-स्थल से शरीर को निपीडित कर या करवा उद्घृष्टक आलिंगन करती।

कौन हो तुम खींचते हो मुझे अपनी ओर और ललचाते स्वयं हटते उधर

की ओर। कहा हँसकर अतिथि हूँ मैं और परिचय व्यर्थ। तुम तिल मैं चावल कौन करेगा अलग। क्षीर-नीर में एकमय। लालाटिक।

जब कभी कामिनी ज़िद कर मुझे बेमतलब वाक्य जाल में बुनने की कोशिश करती तब जल्दी से उसे चुप करने के व्याज से मैं उसे पिरो लेता।

हृदय का आनंद कूजन करने लगा रास।

सुकरात कहा करता था कि उसने एक औरत से सीखा। क्या मैं भी कह सकता हूँ ? उससे या उसमें से।

सीखो इसलिए कि दूसरे की इच्छा का पालन कर सको न कि अपनी का। दूसरे का ख़याल रख सको न कि अपना। कामिनी मेरी एक कमीज़ अपने भाई को दे आई। पूछा तो कहा : उसे ज़रूरत थी। न एक प्रश्न पूछोगे न दो झूठ सुनोगे। स्नेहबन्धन।

जब मनुष्य यात्रा पर निकलता है तो अपना रास्ता पहले से जानता है। जब मनुष्य युद्ध पर निकलता है तब मुहाने पर पहुँच कर उसे पता चलता है कि किधर जाना है। तब कोई चुनाव नहीं रहता। इन अर्थ में प्रेमी सिपाही है। मनीष के कुत्तों के बीच कासामिइनीकिलारोही।

मैं मनीराम के छापेख़ाने में कैसे आ गया, याद नहीं। पर यह निश्चय है कि आ गया हूँ। इस समय वहीं बैठा हूँ। लगता है जैसे यहीं सदा रहा हूँ। यह कुर्सी, यह मेज़, यह खूँटी, यह रद्दी की टोकरी, यह पुराना लकड़ी का क़लमदान हमेशा मेरे साथ रहे हैं। मैं सबको पहचानता हूँ, सब मुझको। ऐसी ही तीन और मेज़ों पर तीन और लोग बैठे हैं।

मनुष्य का कितना जीवन अपने पड़ोसियों से बातें करने तक सीमित रह बीत जाता है ! घर के, मेज़ के, रेल के डिब्बे के, तरह-तरह के पड़ोसी। जो लिखते हैं, मनीराम के छापेख़ाने में छपते हैं, वे संख्या में बहुत कम हैं, पर ज़्यादा लोगों से लिखित बात कर लेते हैं। उन्होंने एक सीमा लाँघ ली है। आजानुपैर !

मनीराम के छापेख़ाने में जो काम करते है वे लिखते नहीं। बन्दोबस्त में बन्द। जितनी देर मैं मनीराम के छापेख़ाने में रहता हूँ मैं भी नहीं लिखता।

इस समय कुछ और करने को नहीं है इसलिए छापेखाने में मेरे कमरे के साथियो की बातें सुनिए :

—गिर रहा निस्तेज गोलक जलधि में अस्सहाय, सीताराम ने कमरे में घुसते ही गाना शुरू किया।

—सुबह सुबह यह बेवक्त का गाना मुझे अच्छा नहीं लगता, राजाराम ने दोनों हाथ ऊपर उठा अँगड़ाई लेते हुए कहा।

—किसी को कुछ भी करने से टोकना नहीं चाहिए, जीवन लाल दोनों पैर हिलाते हुए बोलें।

—इस समय निस्तेज गोलक कहाँ गिर रहा है, मैं पूछता हूँ, राजाराम ने चुनौती स्वीकार करते हुए कहा।

—तब क्या श्रद्धादेव की तरह अख़बार में सिर गिरा चुपचाप बैठूँ, सीताराम ने मुझे लपेटने की नीयत से छेड़ा।

—(मैं चुप रहा।)

मनीराम के छापेख़ाने का कमरा और रामप्रिय जी की मेज़ मेरी जीवन साइकिल के दो पहिए बन गए। मेरा ऊपर की मंज़िल का छोटा कमरा साइकिल की गद्दी बन गया। कामिनी इस साइकिल की हत्थी थी जिसके दोनों अग्रभाग जब तक कस कर थामे रहता था लगता था दिशा है गति है गंतव्य है। जब-जब अपने ऊपर से विश्वास उठने लगता था पकड़ और कस जाती थी, गिर न जाऊँ। कभी मौज में उस पर झुक न जाने कहाँ-कहाँ विचरा करता। साइ-कल्ड़की ! जगत की मान !

राम के प्रिय जनों में आदिकाल से आज तक एक जासूस और ऐयारी का तत्त्व पाया जाता है। हनुमान, जटायु, विभीषण, नारद, इत्यादि। जैसे पुलिस के जासूस चालाक, तेज़, बदमाश होते हुए भो भले आदमी भले काम में लगे लगते हैं वैसे ही ये सब भी। रामप्रिय जी भी ईश्वर की सब तरह की कृपा के भागी साहित्य की सेवा में लगे जासूस लगते हैं। उनके कारनामों पर न जाने कितने उपन्यास लिखे जा चुके हैं और यह भी उन पर भगवान की कृपा ही मानी जानी चाहिए। रामप्रियाजीसूस !

बहुत पुरानी बात नहीं है। बहुत नयी बात नहीं है। एक बार मुझसे एक साहित्यिक ज़ुर्म हो गया। या जो मैंने किया उसे ज़ुर्म का नाम दिया गया। बात यह हुई कि भिन्न मत रखने वाले एक गुट की एक पत्रिका में मेरी एक कविता मुफ़्त में छप गयी। अब क्या। तुरन्त मेरे ऊपर दो गण यदुनाथ के दारोग़ा-पतित्व में छोड़े गये। मैं नारायण-नारायण चिल्लाया। डरो मत, डरो मत, कहता हुआ मनीष मेरे पास आया तब जान छूटी। पर जान छूटी ही क्यों? जब दूतों ने इस प्रकार प्रश्न किया, तब साहित्यशिरोमणि काफ़ीघर की मेज़ के शासक यरामप्रियाजीसूसम ने प्रसन्न हो कर कहा:

—सुनो! मेरे अतिरिक्त एक और भी चराचर कविता जगत् के स्वामी हैं। उन्हीं में यह सम्पूर्ण साहित्य वस्त्र में सूत के समान ओत-प्रोत है। उन्होंने सारे साहित्य को नथे हुए बैल के समान अपने आधीन कर रक्खा है। मेरे प्यारे दूतो! जैसे किसान अपने बैलों को पहले छोटी-छोटी रस्सियों में बाँध कर फिर उन रस्सियों को एक बड़ी रस्सी में बाँध देता है वैसे ही साहित्यीश्वर ने भी अपना जाल फैला रखा है। वे कब क्या किस रूप में करना चाहते हैं, इस बात को सब नहीं जानते। मैं भी नहीं जानता इस रहस्य को तब दूसरों की बात ही क्या है। उन्हीं साहित्योत्म के दूत उन्हीं के समान रूप गुण से सम्पन्न होकर इस मेज़ पर विराजा करते हैं। स्वयं साहित्यवान् ने ही पत्रिकाओं में छपने की मर्यादा का निर्माण किया है। उसे पूरी तरह से न तो सम्पादक जानते हैं, न कवि, न पाठक-गण। साहित्यवान् द्वारा निर्मित छपत धर्म परम गोपनीय है। जो उसे जान लेता है वह इस नश्वर मेज़ पर नहीं बैठता। दूतो! इस धर्म को उत्तर प्रदेश में कुल तीन व्यक्ति ही जानते हैं। और वह तीन भी क्या। शेष कवियों के लिए परम धर्म है कि लिखने आदि उपायों से उनके प्रति अपना भाव प्रकट करें। उनके बहुत नाम हैं। और नामोच्चारण की महिमा ही है कि श्रद्धादेव जैसा महाछापी भी छुटकारा पा गया। सम्पूर्ण अन्तःकरण से उनका नाम लेने वाला मेरे दण्ड का पात्र नहीं हो सकता। पहली बात तो यह है कि ऐसे सज्जन पुरुष छपवाते ही नहीं। परन्तु संयोगवश यदि कोई प्रेमीजीव छप जाए तो साहित्यवान् के गुणगान से तत्काल गदालोचनाकलम उनकी सहायता करने लगती है और ऐसे में तुम लोग उनके पास कभी भूल कर भी मत फटकना। श्रद्धादेव ने कामिनी मिलन कर सोलहख़ूनमाफ़ प्राप्त कर लिया है। जो दुष्ट इस दिव्य रस से विमुख हैं और नरक के दरवाज़े पर घर-गृहस्थी की तृष्णा का बोझा बाँधे ढो रहे हैं, उन्हीं को मेरे पास पकड़-पकड़ कर बार-बार लाया करो।

पाठको! जब दारोग़ादूतों ने मेज़स्वामी साहित्यराज के मुख से यह वाणी

सुनी तब उनकी आश्चर्य की सीमा न रही। प्रिय पाठको ! यह इतिहास परम गोपनीय—अत्यन्त रहस्यमय है।

जो कलम का सिपाही किसी के उपकार से उपकृत होता है वह प्रत्युपकार करके उसका बदला अवश्य चुकाता है। ऐसी रीति इस नगर में है। किन्तु यदि कोई उपकार को न मानकर या भुलाकर प्रत्युपकार से मुँह मोड़ लेता है वह कलमापाहिज श्रेष्ठ लेखकों के मन को ठेस पहुँचाता है।

सिद्धान्तों का युग समाप्त हुआ, समस्याओं का युग आया !

बड़े-बड़े नीति शास्त्रियों का करा धरा मिट्टी में मिला। उन्हें क्या पता था कि आदमी ऐसे गुणों से ओत प्रोत हो जाएगा कि रह-रह असमंजसों के दलदल में फँस जाएगा तब नीतिपरक हो कर क्या करेगा बनना पड़ेगा असमंजसपरक कि असमंजस में पड़ा आदमी कैसे सोच-साच कर गोरखधन्धे से बाहर निकले। नैतिक गए गोरखधंधी आए। बैठ नैतिक संवेदनाओं को जगाने के बजाय निकले असमंजसों का ढोल पीटने।

उन्तीसवाँ सर्ग

पवनकुमार साहित्य के निश्चित सिद्धान्तों को जानने वाले थे। क्या लिखा जाना चाहिए और क्या नहीं—इन सभी बातों का उन्हें यथार्थ ज्ञान प्राप्त था। किस समय किस विशेष सिद्धांत का लालन-पालन करना चाहिए यह सब वे ठीक-ठीक समझते थे। उन्हें बातचीत करने की कला का भी भली भाँति ज्ञान था। उन्होंने देखा आकाश निर्मल हो गया है। अब उसमें न बिजली चमक रही है न बादल ही दिखलायी दे रहे हैं। अन्तरिक्ष में सब ओर सारस उड़ायमान हैं और उनकी बोली सुनायमान है। आकाश पर श्वेत चन्दन रमणीय चाँदनी का लेप लगा दिया गया है। प्रयोजन सिद्ध हो जाने के फलस्वरूप अब वे असाधु पुरुषों के मार्ग का ही अधिक आश्रय लेने में लगे हैं। एकान्त में ही मन रमणता है। अब वे सदा युवती स्त्रियों के साथ क्रीडा-विलास में डूबे रहना चाहते हैं। मनोवांछित प्राप्त कर अब कृतकृत्य हो समुदाय के साथ बिहार करने का लालच मन में असमंजस पैदा कर रहा है। उधर दारोग़ा, गन्धर्व, असुर, मरुद्गण, काफ़ीमेज़ तथा यक्ष दल बदल भय का वातावरण फैलाने के लिए आतुर हैं।

ऐसे में कैसा निर्णय लूँ कि दोस्तों के सम्मुख उसे उचित सिद्ध कर सकूँ ? ऊँट के मुँह में नायिका ! सही कार्य करूँ या प्रशंसनीय कर्ता बनूँ ? समय कहाँ है ?

रामप्रिय जी अगर यदुनाथ होते तो उतने डरपोक न होते जितने कि हैं !

मेरे सब मित्र काले हैं। अगर पवनकुमार मेरे मित्र होते तो काले होते !

काफ़ीमेज़ पर बैठे सब साहित्यकार कलूटे हैं। यह एक आधारभूत नियम से निकाला जा सकता है। नियम है इत्तफ़ाक़ का सामान्यीकरण।

इन लोगों के लिए कविता कौन लिखे। अब से नाटक लिखूँगा :

नाटक नं १

अत्यन्त मनोहर सुबह है। नीचे आसमान में बादल के पक्षी मंथर गति से तैर रहे हैं। वर्षा हो चुकी है। हवा स्वच्छ है। हर पत्ती नयी है। हर पत्ती चमकती धूप में जानती है कि पिछले वर्ष की पत्ती से उसका कोई नाता नहीं है। बच्चे खेल रहे हैं पर बसन्त को देख नहीं रहे हैं। वे स्वयं ही बसन्त हैं। एक युवती दो सुकुमार बालकों के साथ पवनकुमार के मन्दिर में आई। उसने बच्चे बाहर खेलने के लिए छोड़ दिए। वह देखने में सुन्दर थी। अच्छे घर की थी। अच्छे कपड़ों में उदास नारी। उसने कहा :

—मैं ब्याहता हूँ, अपने पति को प्यार करती हूँ, पर कुछ है जो शून्य लगता है, नाता पूर्ण बनने नहीं देता।

वह अपनी लम्बी ग्रीवा और लाल हथेली ले और पास आयी तो उसके पाँव के तलवे बराबर भूमि से न चिपक बीच में उठ रहे थे। सर्वव्यापी पवनकुमार के उसे पास बैठाया, एकांत में आँखें बन्द करने को कहा, और जब ध्यानमग्न हो शिथिल हो गयी तो विभु ने उसके मदनसदन में प्रवेश कर मरमराया। उसने जो चाहा उसे मिला मनोकामना पूरी हुई। पुरुष से नहीं प्रकृति से उसका सम्बन्ध जुड़ा। फूल से, पृथ्वी से, आकाशों से। अबोध की तीव्रता में अर्थ का समागम।

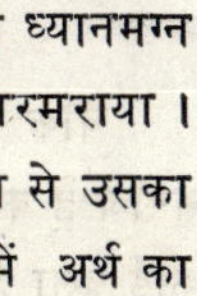

पतझड़ आया। भरा कान में कथन काम का। लिए मन में नव अभिलाषा मैं हुआ अग्रसर नाटक मार्ग पर। किस विधान से लिखूँ नाटक यह पथ किस

ओर गया है । कहा असुर मित्रों ने अपना मुख गंभीर बना—नाटक फिर लिखोगे क्या तुम ?

धीरे-धीरे जगत चल रहा धीरे-धीरे खिलते तारे । कामिनी पड़ी थी मेरे कमरे में अपना कोमल चर्म बिछा के । करूँ न क्या क्या न करूँ । असमंजस में पड़े असहाय नयन खुलते मुँदते रह रह । एक तीव्र उन्माद और फिर मन मथने वाली पीड़ा घिरती हृदय गगन में ।

एक दिन कामिनी ने प्रसन्न-प्रसन्न आकर बताया कि उसके स्कूल वालों ने उससे तंग आकर उसे निकाल दिया है । प्रसन्न होती है तभी सच बोलती है । नहीं तो झूठ बोलना उसके लिए बायें मुँह का खेल है । मैं उसकी बात सुनते ही साइकिलों उछल गया । इस पर वह हँसते-हँसते पहिया बन गयी । मनु को कौन वहाँ चढ़ने से भला रोक अब सकता उन्नत वक्षों में आलिंगन सुख लहरों-सा तिरता । केवल हम तुम और कौन है ? रहो न आँखें मीचे जीवन के दोनों कूल्हों में रस लो बरबस बहता । बोली एक सहज मुद्रा से—यह तुम क्या करते हो !

तुच्छ नहीं है अपना सुख पर ये प्राणी जो बचे हुए हैं क्या मुझपर उनके कुछ अधिकार नहीं ? यह एकांत स्वार्थ भीषण है ।

मेरे जीवन में फिर से आयी सरोज । हम दोनों ने अपनाया नया दायित्व ।

किस्सा सरोज का

चौक से गुज़रते समय मुझे ऊपर छज्जे से किसी ने पुकारा । यहाँ कौन ? सरोज है क्या ? इतने दिन बाद ! हाँ, वही है ! मेरा यह नाम ले कर और कोई बुला ही नहीं सकता । सरोज या माँ । उँगली से बताई हुई सीढ़ी से ऊपर चढ़ गया । ऊपर चढ़ने का परिश्रम करते मुझे देख सरोज हँसने लगी । उसका गोल चेहरा ताज़े बने सूरज-सा ललाई लिए हुए था । मेरे पास पहुँचते ही बोली :

—आलसी कहीं का ।

मैं थके व्यक्ति का अभिनय करता हुआ उसके कंधों पर हाथ टिका उस पर बोझ डाल उस पर झुक गया । दोनों को सँभालती हुई बोली :

—कुछ भी नहीं बदला ।

दोनों अन्दर गए। कमरा छोटा था। एक खाट बिछी थी। उसी पर बैठ गया। वह नीचे पास हो टूटे फ़र्श पर बैठ गयी।

—क्या करते हो आजकल, सरोज ने पूछा।

—झक मारता हूँ, मैंने कहा।

—झिकाओ मत, सच-सच बता दो, सरोज ने मेरा घुटना छू कर कहा।

—मैं झूठ बोल कहाँ पाता हूँ, मैंने लाचारी के स्वर में कहा।

—कहाँ रहते हो ?

—नदी किनारे।

—संन्यासी हो गए क्या ?

—नहीं, चरित्रहीन।

—धत्, शादी की कि नहीं : एक पुराना सवाल।

—नहीं : मेरा पुराना उत्तर।

—मेरी निगाह में एक लड़की है।

—मेरी निगाह में बीसियों हैं, पर यह तुम इतनी दुबली कैसे हो गयीं ?

—बीमार हूँ, बहू ला दे तो सेवा करे।

—मुझसे काम नहीं चलेगा ?

—नहीं।

—नहीं ?

—नहीं।

—सोच लो !

—सताओ मत।

—अच्छा।

सरोज का एक्स-रे अस्पताल में दौड़-धूप कर करवाया। उसकी छाती बीमार थी इलाज लम्बा होगा।

एक समय की बात है। मैं छोटा था। सरोज पड़ोस में निवास करती थी। सरोज के बारे में लोग अक्सर कानाफूसी किया करते थे जिसे मैं नहीं समझता था। कभी-कभी वह मुझे अपने घर बुला लिया करती थी। उसके घर में बच्चे नहीं थे। शांत रहता था। वह अकेली ही दीखती थी। जब वह मुझसे बातें करने

की कोशिश करती तो अच्छा लगता था। अक्सर मैं उदास होने पर उसके घर के पास जा मँडराने लगता था। मुझे ऐसा करते देख सरोज हल्के से आवाज़ दे अन्दर बुला लिया करती थी। मेरा चेहरा अपनी हथेलियों में ले न जाने क्या-क्या देर-देर तक देखा करती थी फिर मुझे चूम कर पास बैठा लिया करती थी। मेरे कपड़ों पर धूल लगी होती तो बिना कुछ कहे झाड़ देती थी। मेरी दृष्टि में माँ और सरोज में यही ख़ास अन्तर था। इसीलिए माँ-माँ थी सरोज-सरोज। मेरा कालर दबा हो तो निकाल कर फैला देती थी। और सहला कर सीधा कर देती थी। कोई बटन कमीज़ का खुला हो तो बन्द कर देती थी। कमीज़ नेकर से बाहर निकली हो तो दबा देती थी और फिर नेकर के नीचे से हाथ डालकर कमीज़ चारों ओर से खींच लेती थी जिससे चुस्त दीखने लगे। जब मैं शरमा जाता तो सरोज मुझे गुदगुदा कर शरम दूर कर देती थी।

एक दिन की बात है। मैं बिना बुलाए ही सरोज के घर चला गया था। वह फ़र्श पर अस्त-व्यस्त बैठी थी। उसकी आँखें अजब फैली-फैली स्थिर मुझपर टिक गयीं। मुझको लगा जैसे सरोज मुझे पहचान नहीं रही है। मैं और पास गया। सरोज अब भी मुझे वैसे ही एकटक देखती रही। मेरे मन को पहले कुछ ठेस पहुँची पर फिर मुझे सरोज का पूरा शरीर दीखने लगा। उसके कपड़ों पर धूल लगी थी, पल्ला नीचे गिरा था, और कुर्ते के बटन खुले थे। मैं सरोज हो गया और सरोज मैं। मैं और पास आ गया। मैंने सरोज के गीली आँखों वाले चेहरे को अपनी छोटी हथेलियों में ले लिया। फिर कंधे की धूल झाड़ कर उसे धोती के पल्ले से ढक दिया। सामने बैठ कर हाथ बढ़ा कर बाहर निकले स्तन को कुर्ते के अन्दर भर दिया और कुर्ते के बटन लगाने लगा। सहसा सरोज का कठोर और ऐंठा हुआ शरीर तरल और कंपित हो उठा। उसने मुझे अपने अंक में भर लिया और मेरे सारे शरीर को चूम डाला। फिर मेरा एक हाथ ले कर उसने कुर्ते के अन्दर डाल कर अपने स्तन पर रख दिया। मैं इसी तरह कुछ देर उसकी गोदी में बैठा रहा और सरोज न जाने क्या-क्या बुदबुदाती रही जिसमें बीच-बीच में मेरा नाम आता था। यह सब मुझे आज तक चलचित्र-सा याद है।

कामिनी जगी थी कुछ-कुछ खोकर सब चेतनता जब मैंने उससे सरोज का किस्सा और बीमारी का हाल बताया। कहा अपने में सब कुछ भर कैसे व्यक्ति विकास करेगा। सुख को सीमित कर अपने में सेवा भाव जगाना होगा। इतर प्राणियों की पीड़ा लख क्या अपना मुँह मोड़ोगी ?

कामिनी ने सरोज की सेवा में हाथ-बँटाना स्वीकार किया। कुछ देर मैं सरोज के साथ रहता कुछ देर कामिनी।

साहित्य-क्षेत्र में अमीर विधवा का आगमन

काफ़ीमेज़ का एक चिरपरिचित विषय है किसी साहित्यिक पत्रिका का इलाहाबाद से नियमित रूप से निकलना। इसके बिना तीर्थ स्थान बने रहना ख़तरे से ख़ाली नहीं लगता। बाहर के पंडे जहाँ सिर्फ़ एक नदी है उसके किनारे बैठ कर साहित्य को चलाएँ यह रह-रह असह्य लगता। पर धनव्यवस्था कहाँ से हो? कौन प्रकाशक यह सिरदर्द मोल ले? तख़त बिछा चन्दा कर एक दो अंक निकाल लिये भी तो फिर बम-बम-भोले। ऐसे में भगवान जी ने सहायता करी। इला नाम की एक अमीर विधवा ने इलाहाबाद आकर शेष जीवन व्यतीत करना तय किया। वैसे भी इलाहाबाद की आदि निवासिनी इला ही है—इला से इलाहाबाद। इला ने इलाहाबाद का तन मन ख़रीद लिया।

प्रथा के अनुसार इधर इला को लखा उधर तुरन्त साहित्यकार दो दलों में बँट गए। इला ने इलाहाबाद में जान डाल दी : इला रण्डी है। इला अमुक ग्रन्थ का मुसकराते हुए विमोचन करेगी : जहाँ वह जाएगी वहाँ मैं नहीं जाऊँगा। इला बड़ी दयावान है : वह चार कुत्ते पाले है। इला लक्ष्मी है : इला बिल्ली है। ठान्यो न सलाम मान्यो इलाको इलाम : इला इला लाइलाज।

इला के इलाही ख़र्च से साहित्य की धारा में तरह-तरह की नौपत्रिकाएँ बिहार करने लगीं और दोनों किनारों पर मनमाने व्यापार की इलाही रात मनचलों द्वारा गा-गा मनाई जाने लगी यदि रबड़तार के बने काव्य वृन्द की इभनिमीलिकाभरी इबादत को इलाक़े के अन्दर माना जाए। इला के रखवारे शब्दइषव्य थे और उनके द्वारा घायल रामप्रिय जी के गण आहत हो-हो जलता कलेजा थाम-थाम नग्न नृत्य घूम-घूम करते। यह बयान यहाँ समाप्त हुआ।

ऐसे समय में सरकारी तबादले के कारण एक साथ गुरु पढ़ानन्द और शिष्य लिखानन्द साहित्य नगर में पधारे। काफ़ीमेज़ पर जाकर रामप्रिय जी से आज्ञा माँगने के पूर्व ही स्वामी पढ़ानन्द ने अपनी धाक जमा लेनी चाही। उन्होंने सोचा कि यदि मैंने अपने लच्छेदार व्याख्यानों से नगरवासियों को पहले से मुग्ध कर लिया तब प्रमुख साहित्यार भी मेरे व्याख्यान सुनने को दौड़ पड़ेंगे। हम अनुमति क्यों माँगे हैं क्या कोई ऐरे-ग़ैरे नत्थू खैरे !

बस काफ़ीघर में ही एक अलग मेज़ खोल कर दोनों बैठ गए और एक-आध मध्य कोटि के नए कवियों को बैठा प्रवचन देने लगे। मेज़ बदलने का किसका मन नहीं चलता ! पुराने अपमानों का बदला लेने के लिए एक-दो कवि रामप्रिय जी की मेज़ पर से टूट उस पर लग लिए। पढ़ानन्द का यह देख चेहरा खिल गया जैसे मौत के पहले दिये की लौ तेज हो जाती है। भक्तों ने नाना प्रकार की ख़बरें स्वामी पढ़ानन्द जी को भेंट में दीं और उचित्र पात्र बन दीक्षा ली।

पढ़ानन्द देश-विदेश की ख़बरें पढ़-पढ़ कर लाते और लिखानन्द उनकी हर बात पर वाह-खूब वाह-ख़ूब की गर्दन हिलाते। कहते इलाहाबाद बड़ी पिछड़ी नगरी है—परम्पराग्रस्त। यहाँ अब भी पुरानी चली आ रही विधाओं में साहित्य रचा जा रहा है और कागज़ पर छपाया जा रहा है जब कि आधुनिक साहित्य पढ़व्य न हो कर सुनव्य और देखव्य है। यह सब सुन उनकी धाक जमती चली गयी।

यह जान एक दिन रामप्रिय जी और दारोग़ा यदुनाथ इस पर राय करने बैठे कि कैसे पढ़ानन्द के पंजे से साहित्य का अस्तित्व बचाया जाय। बहुत देर तक बैठे कानाफूसी करते रहे इतने में रात हो गयी। सब अपनी-अपनी काफ़ी का पैसा दे अपने-अपने घर चले गए।

दूसरे दिन एक अजीब शक्ल का आदमी काफ़ीघर में आया। तब तक दोनों मेज़ें जम चुकी थीं। वह आदमी काफ़ीघर के बीच में खड़ा हो गया फिर हौले से रामप्रिय जी के पास आकर कान में बोला :

—राम मेमचे आत।

रामप्रिय जी का इशारा पा वह पढ़ानन्द की मेज़ पर आकर बैठ गया। पढ़ानन्द ने उससे पूछा—तुम कौन हो ? जवाब में उसने कहा—आफ़तसिंह। इतना कह कर वह मेज़ पर दोनों हाथों से तबला बजाने लगा और गाने लगा। पढ़ानन्द कुछ न कर सके क्यों कि काफ़ीघर में कोई कहीं बैठ कर जो चाहे वह कर सकता था। सात दिन तक जब लगातार ऐसा हुआ और पढ़ानन्द तथा लिखानन्द कुछ न करने में कामयाब हुए तो उनका असर कम होने लगा और

लोग-बाग उनकी मेज़ छोड़ने-छाड़ने लगे। गुरु-शिष्य काफ़ी देर तक इस घटना पर सोचते-विचारते रहे पर उपाय न सूझा।

आँठवें दिन पढ़ानन्द ने आफ़तसिंह को रोकने की कोशिश करी तो वह बोला—सिर काट कर तश्तरी पर रख कर रामप्रिय जी की मेज़ पर पेश कर दूँगा और कोई बोल न सकेगा। इस प्रकार जब गुरु-शिष्य काफ़ी डर गए तो नौंवे दिन आफ़तसिंह आया और रामप्रिय जी ने उत्तमौजा को भेजकर, जो दोनों मेज़ों पर आता जाता था, गुरु-शिष्य को अपनी मेज़ पर बुलवाया और पढ़ानन्द से सवाल-जवाब किया :

—क्यों जी, तुम्हारा नाम ठीक-ठीक पढ़ानन्द है या कुछ और ?

—इसका जवाब मैं पीछे दूँगा, पहले यह बतलाइए कि आप लोगों के यहाँ पढ़ने वाले को मार डालने का कायदा है या नहीं !

—हमारे यहाँ क्या हिन्दोस्तान भर में कोई धर्मिष्ट लेखक पढ़ने वाले को कभी जान से न मारेगा। हाँ वह पढ़ने वाला जो विदेशी जादू करके अपने कायदे से बाहर काम करेगा ज़रूर जान से मारा जायगा। मगर क्या तुम लोग पढ़ने वाले हो या सिर्फ़ जाली नाम रखकर घूमते हो धोखा देते।

—हाँ, हम लोग पढ़ने वाले हैं।

—राम, राम, क्यों पढ़ने-पढ़ाने का नाम बदनाम करते हो, तुम तो पूरे जालसाज़ हो, पढ़ने से क्या वास्ता।

—हम लोग कई पुश्त से पढ़ते-लिखते आए हैं, कुछ आज नये नहीं बने।

—हाँ, तुम्हारे बाप-दादा शायद पढ़ने वाले हों, मगर तुम तो खासे दुष्ट जालसाज़ हो। जो हो, बताओ कि तुम हो कौन ?

—जब मारे ही जाना है तो नाम बता कर बदनामी क्यों लें। हाँ, वादा करो...

—वादा कभी नहीं हो सकता और अपना ठीक-ठीक हाल तुमको झक मार कर बताना ही होगा कल तक। जाओ आज आराम करो।

—हाल कभी नहीं कहेंगे, पढ़ानन्द बोला।

—फिर जूते से तुम्हारे सिर की भी खबर खूब ली जायगी, उत्तमौजा बोला।

—चाहे जो हो, लिखानन्द ने काँपती आवाज़ में कहा।

—वाह रे जूतीखोर, उत्तमौजा ने हाथ नचा कर कहा।

—चलो चलें, कह पढ़ानन्द लिखानन्द को उठा कर ले गया।

—पढ़ानन्द का माथा ठनक गया। वह बाहर आ पर लिखानन्द से बोला :

—बेटा ! विचित्र नगरी है यह । यहाँ से चले चलो । यहाँ वही बात है कि अन्धेर नगरी चौपट आलोचक टके सेर कविता टके सेर नाटक । यहाँ हम लोगों का रहना ठीक नहीं ।

—ठीक है महाराज, आप जाइए, अपने तो यहीं लिखेंगे, लिखानन्द ने कहा ।

पढ़ानन्द के लाख समझाने पर भी लिखानन्द ने अपना इरादा नहीं बदला । धीरे-धीरे लिखानन्द पागल हो गया । अब वह शहर में घूमता लिखानन्द है । बिना रुके लिखता चला जा रहा है आँय-बाँय-साँय !

लिखना अनगिनित चौराहों के नगर में घूमना है । हर वाक्य के बाद चार रास्ते हैं । हर बार एक रास्ता चुनना है । कभी तीन में से, कभी चार में से, कभी एक साथ छः-छः में से नहीं तो वहीं बेतरतीब विचरण करते जाओ नहाती गुजरिया के चारों ओर । ऊपर चढ़ो तो कभी इस दरवाज़े में जाना है कभी उस दरवाज़े में । उतरना है तो सीढ़ी से, इस छत उस छत, या एकदम सीधे कूद कर हँसते हुए घुटने मलते हुए उठ बैठना है । कितना अकेलापन ! मेरा आख़िरी क़लम कामिनी किसी को ले जाकर दे आयी । मैं अकेला बैठा हँस रहा हूँ । क्या होता जा रहा है ?

लेखक आलोचक संवाद

ले०—लोचक ! लिखने से क्या लाभ है ? जो लिखता है वह भी मरता है जो नहीं लिखता वह भी मरता है । तब कविता, नाटक, उपन्यास आदि पोथे बराबर लिखने का क्या फल है ? मैं क्यों और किसके लिए लिखूँ ?

आ०—ले मूर्ख ! लिखने से ज्ञान फैलता है ।

ले०—तब तो ज्ञान संक्रामक रोग है और लेखक मक्खी ।

आ०—धिक् ! जो नहीं लिखता वह अति साधारण कोटि का मूर्ख कहलाता है ।

ले०—किन्तु आप के पूर्व कथन अनुसार सब कुछ लिखकर भी मनुष्य मूर्ख बना रह सकता है । पुरुष तो वह है जो कुछ कर दिखाए ।

आ०—मूर्ख नहीं जानता ! लिखने से मनुष्य विनयशील बनता है ।

ले०—और जो ऐसा नहीं बनता ?

आ०—वह मेरे द्वारा मारा जाता है ।

ले०—तब तो लिखना पढ़ना त्याग मैं भविष्य में विनयशील बनने का ही प्रयत्न करूँगा ।

आ०—टूटे घड़े के कपाल समान विनयशील ।

ले०—ऐसा क्यों ?

आ०—मूर्ख ऐसी विनयशीलता से मैं लचीला हो जाता हूँ और फलस्वरूप तरह-तरह के पुरस्कार और धन की प्राप्ति होती है ।

ले०—तब तो घड़ा बनने के स्थान पर अब से अपना जीवन धनोपार्जन में ही लगा दूँगा ।

आ०—ले मूर्ख !

ले०—लोचक ! आप बार-बार मुझे मूर्ख कह-कह संबोधन कर रहे हैं । क्या यह आपके ऐसे आलोचक के लिए शोभनीय है ?

आ०—मातृवत् परदारेषु परद्रव्येषु लोष्ठ्वत् आत्मवत् सर्वभूतेषु यः पश्यति पण्डितः ।

ले०—इसके क्या अर्थ हैं ?

आ०—संसार की सारी स्त्रियों को माता समान देखना चाहिए ।

ले०—तब तो मुझे सारा संसार पिता जी की ससुराल के समान लगेगा ।

आ०—धिक् मूर्ख ! यह तो अर्थ का अनर्थ है । सुनो, दूसरों की सम्पत्ति को कंकड़ समान जानो ।

ले०—अहा ! तब तो इस नगरी में मैं चैन से भाग्यमिष्ठानग्रह की मिठाइयों का उठा-उठा कर सेवन करूँगा और कंकड़ का कोई मूल्य न होने के कारण मुझे कुछ भी देना नहीं पड़ेगा । झगड़ा-फसाद होने पर उसके मालिक को आपके पास भेज दूँगा ।

आ०—ले मूर्ख ! तू दुष्ट है ।

ले०—और क्षमा करियेगा महाराज ! आप मनीष के कुत्ते हैं !

यह कह कर लेखक आलोलुप की मेज़ से भाग गया ।

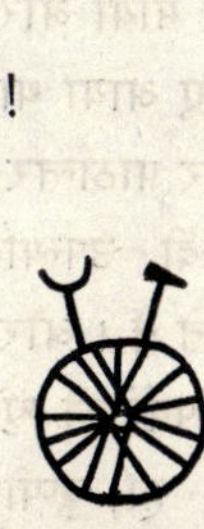

रक्षा-बंधन का त्यौहार आया। मौक़ा देख रामप्रिय जी इला जी से राखी बँधवा आए। इला के पास चार से पाँच हुए।

एक दिन किसी काम से मुझे अकेले ही यदुनाथ के घर पर जाना पड़ा। गली के बाहर निकला तो साँस ली। अब कुछ खुली जगह मिली। मर्दाने कमरे के ऊपर ज़नाना कमरा रखा होने के कारण यदुनाथ का मकान दूर से ही दीख रहा था। दोनों कमरों को जोड़ती लिपटी बाँह-सी सीढ़ी सामने ही थी। धीरे-धीरे चल कर पास पहुँचा क्योंकि यदुनाथ से मिलने का इस समय बहुत मन नहीं हो रहा था। मैंने देखा कि नीचे की बैठक का दरवाज़ा खोल एक महिला सीढ़ी पर चढ़ ऊपर चली गयी। माया रही होगी। दरवाज़ा खुला पा मैं निःसंकोच अन्दर बैठक में दाख़िल हो गया। अन्दर अँधेरा था और कोई नहीं था। बड़े पर्दे की ओर चलने की जगह थी इसलिए बिना रुके मैं उधर बढ़ गया। जब माया की चौकी के पास पहुँचने को हुआ तो सहसा पर्दा हिला और किसी ने बाहर कूद कर मेरे कान में ज़ोर से कूऊऊ की। मैं डर कर चौंक गया। पर सामने यदुनाथ का काला चेहरा कूऊऊ करने की मुद्रा में जमा खड़ा था। पल भर में वह चेहरा झेंप गया और उसमें लगी आँखें खुले दरवाज़े की ओर मुड़ गयीं। मैंने कहा :

—दरवाज़ा खुला देख मैं बिना आवाज़ दिए अन्दर चला आया। इतने में माया ऊपर से उतर कर हाथ में कुछ काग़ज़ थामे खुले दरवाज़े से अन्दर आ गयी। यदुनाथ ने अपने को सम्हाला। कहा :

—कोई बात नहीं। मैं खेल में तुम्हें डरा रहा था ताकि दुबारा ऐसा न करो।

ऐसी स्थिति में जिस काम के लिए गया था उसके बारे में बात हो नहीं पायी। मैं जल्दी विदा माँग बाहर आ गया। सोचने लगा कि अजब तिलिस्मी वातावरण है। मैंने सोच लिया कि यह बात मैं किसी से कहूँगा नहीं। मनीष से भी नहीं। पर दूसरे ही दिन यदुनाथ ने गुपचुप अपने बचाव में नाहक ही यह ख़बर फैला दी कि माया और यदुनाथ ने मिल कर श्रद्धादेव को ख़ूब छकाया कि जिस काम के लिए आया था वह बिना किए भाग गया। इस किस्से के तमाम रूपान्तर हुए फिर पाठान्तर हुए जो आज भी विभिन्न पुस्तकालयों में पढ़े जा सकते हैं और हिन्दी उपन्यासों पर शोध करते छात्र-छात्राओं के लिए हमेशा प्राहेलिक बने रहते हैं। और मैं चुप हूँ। ऐतिहासिक दृष्टि से देखा जाय तो तमाम आने वाली चुप्पियों की श्रृंखला में यह मेरी पहली चुप्पी थी। गुपचुप से निकला होगा चुप।

हाँ, चुप्पी के दो भेद हैं। एक स्वाभाविक होती है जिसका वर्णन मैं अब

तक करता चला आया हूँ दूसरी ऊपर सै दिखाने में होती है जो बहुधा बड़े लेखकों में और उनके पास रहने वालों में पाई जाती है। बड़े लेखकों के लिए वह गुपचुप्पी सुन्दर वस्त्रों के समान समझनी चाहिए जिस्को वह बाहर जाती बार पहन जाते हैं और घर मैं स्त्री और घनिष्ट मित्र बीच आते ही उतार देते हैं। स्वाभाविक चुप्पी स्वच्छ स्वर्ण के अनुसार है जिस्को चाहे जैसे तपाओ गलाओ परन्तु उस्मैं कुछ अन्तर नहीं आता। ऊपर सै दिखाने वालों की गुप-चुप्पी गिल्टी के समान है जो रगड़ लगते ही उतर जाती है। ऊपर के दिखाने वाले लोग अपना निजस्वभाव छिपा कर गुमचुप बन्नें के लिए सच्चे चुप्पों के स्वभाव की नक़ल करते हैं परन्तु परीक्षा के समय उन्की कलई तत्काल खुल जाती है, उन्के मन में विकास के बदले संकुचित भाव, सादगी के बदले बनावट, प्रेम प्रवृत्ति के बदले स्वार्थपरकता और धैर्य के बदले कूऊऊऊ इत्यादि प्रगट दिखने लगते हैं। उन्का सब गुमसुमभाव अपने किसी गूढ़ प्रयोजन के लिए हुआ करता है परन्तु उन्के मन को सच्ची शांति इस्सै सर्वथा नहीं मिल सकती।

સંઘર્ષ

—निराला की मूर्ति के पीछे शंभूदयाल की दूकान है न, आज वहाँ बड़ा मज़ा आया, कामिनी ने एक और लम्बा किस्सा सुनाने को भूमिका बाँधते हुए कहा और हँस दी ! मेरा ध्यान पूरी तरह अपनी ओर न पा उसने अपने एक कंधे से मेरे एक कंधे को धक्का दिया। मेरा दूसरा कंधा दीवार से टिका था इसलिए न्यूटन के, फिरंगी बड़े बदमाश होते हैं, तीसरे नियम के अनुसार मुझे और फिर लौट कर कामिनी को धक्का लगा और उसके उरोज के अग्रभाग ने हिलकर धक्के शक्ति को मापा जिसकी ख़बर मेरे उसको और उसकी उसको लग गयी जिनमें चाहे अनचाहे मदन तरंग उठो जिसके लिटा देने वाले थपेड़ों को शांत करने के लिए मुझे पूरा किस्सा सुनना ही पड़ा :

—पूछो क्या मज़ा आया ! शंभूदयाल के एक लड़की है तारा (कैसे-कैसे नाम रखते हैं शंभूदयाल) बिचारी बड़ी अच्छी है जिसका ब्याह पिछले साल बनवारीलाल जो बड़े-बाड़े के पीछे रहते हैं के बड़े लड़के चुन्नीलाल से हुआ जो अक्सर इधर-उधर बैठा-बैठा बड़ी-बड़ी बातें मारता रहता है उसने एक दिन अपनी बीबी को भी मारा। तारा मेरे साथ पढ़ी थी और बड़ी ढीठ थी जिसकी आँखें पुस्तक पर न लग इधर उधर लप-लप किया करती थीं (तत्ताथेई) मार खा दौड़ी-दौड़ी आई रोने शंभूदयाल के पास। पहले तो शंभूदयाल बड़ी देर तक चुपचाप उसका रोना सुनते रहे फिर उसकी माँ की याद में डूब गए और स्वयं भी रोने लगे। जब उनकी आँखें भीग आईं तारा कंटाइन ने सिसकना और बोलना एक साथ शुरू कर दिया। स्वर्ग से धरती पर लौट कर शंभूदयाल ने शरीर की काया को स्वीकार करते हुए जाना कि उनकी बेटी तारा को उनके दामाद चुन्नीलाल ने वास्तव में पीटा है। आव न देखा ताव, शंभूदयाल एकाएक उठे और डंडा उठा सिसकती बोलती तारा को अपने ही हाथों पीटने लगे। लोगों ने अपने-अपने मुँह पर अपने-अपने आश्चर्य भरे हाथ रखे और कहा भगवान की माया विचित्र है। मेरी जान की पहचानी थी इसलिए बीच बचाव करने गयी मैं नहीं तो क्यों जाती। अरे सुनते हो जी (अरे भगवान दया करो यह घरवालीवाला संबोधन कामिनी कहाँ से सीख आई, मैंने तुरन्त हाथ की किताब की दोनों जाँघें बन्द कर अपने दोनों कान उसको दे दिए) मैंने झट बढ़

तारा को अपनी बाँहों में भर लिया (कैसा लगा होगा) कहा काका काका (कब से हो गया शंभूदयाल) क्यों मेरी सखी को मारते हो बिचारी तो खुद ही मार खा कर आयी है तुमसे कहने फिर यह कौन-सा ढंग कौन-सा न्याय। पर मेरी सुनी नहीं, शंभूदयाल फिर तड़ातड़ शुरू करते हुए बोला कि साला चुन्नीलाल अगर मेरी बेटी को मार सकता है तो मैं भी उसकी बीबी को मार सकता हूँ, अब पता चलेगा बच्चू को ! लो, यह भी कोई बात हुई, कौन समझाए इन पूरब के लोगों को घर बैठे बैठाए दुश्मनी भी निभाने को मिल जाय तो निभा लेंगे और बीतेगी लड़की जाति पर (मैंने अपने लोगों पर लगा तीर चुप पी लिया)।

बात आई गई होती पर नहीं। लोगों को कुछ चाहिए। बिना तित्ते के स्वाद क्या बिना बित्ते के नाप क्या। जिसे देखो उसे कविता गोंचता इतराता फिरता है कविता करना न हो गया प्रेम करना कि जो चाहे सो कर सकता है। कह दो नहीं आता करना तो जैसे बाबा कहि कहि दिया या युवती की सही सही उम्र जान ली। मादाकवि इला को जुकविताकाम हुआ। मैंने उपचार के लिए पकड़ कर नाक रगड़ दी तो छूते ही कर्दमवासिनी का दम निकल गया और हाथ-पैर पटकती-झटकती पहुँची श्मशानचैत्य चिल्लाती रख लो रख लो, रखैल कहीं की। भइय्या रामप्रिय जी ने बहन इला को कष्ट में देख क्रोध से आग बबूला हो उसी से पूछा :

—अपना हाल सविस्तार बताओ। बहन, मूर्च्छा और घबड़ाहट त्याग कर कहो किसने तुम्हें इस प्रकार कविताहीन बनाया है। किसने अपने सामने चुपचाप बैठी को अँगुलियों से पीड़ित किया है। किसने आज तुम पर आक्रमण करके अपने गले में काल का फंदा डाला है। तुम तो स्वयं दूसरों के प्राण के लिए यमालोचकराज के समान हो, शब्द तथा कलम सम्पन्न हो, इच्छानुसार सर्वत्र विचरने और अपनी रुचि अनुसार रूप धारण में समर्थ हो, फिर देवताओं गन्धर्वों भूतों तथा ऋषियों में यह कौन ऐसा महान गर्वीला ऊँची नाक वाला पैदा हुआ है जिसने कविता नाकपाल को नकटा करने का साहस किया ?

सुइड़ाखा तब नाक से आँसू बहाती हुई इस प्रकार के वचन बोली :

—भैया, नगर में एक पुरुष आया है जो देखने में सुकुमार, रूपवान् और कवितावान् है। उसके बड़े बड़े नेत्र ऐसे जान पड़ते हैं मानो खिले कमल हों। वह जितेन्द्रिय, कविताचारी और योषिद्ग्राही है। उसका नाम श्रद्धादेव है। उसके साथ एक तरुण अवस्था वाली रूपवती स्त्री भी अक्सर देखी गयी है जिसके

शरीर का मध्यभाग बड़ा ही सुन्दर है। उसी श्रद्धादेव ने मेरे साथ यह अत्याचार किया है, हाय मैं कहीं की न रही।

तुरन्त काफ़ीमेज़ पर मेरे लिए घेरा डाला गया। पहले यदुनाथ को तब रमेश, नरेश, सुरेश नामक तीन भयंकर शब्दवान् चतुरों को मुझे डराने धमकाने हेतु भेजा गया। वे बोले :

—हम बहुत से हैं और तू अकेला, तेरी क्या शक्ति है कि तू हमारे सामने रामप्रिय जी की मेज़ पर शांत बैठा भी रह सके फिर बोलने की तो दूर की बात है।

ऐसा कह वह क्रोध में लाल पीले चारों दूत तरह-तरह के शब्द और वाक्य ले-ले मुझ पर टूट पड़े। मैं टस-से-मस नहीं हुआ।

तब निशालोचकराज अमिताषन रामप्रिय स्वयं मेज़ारूढ़ हुए। उन्होंने आते ही कहा :

—जिसे मैं शब्दयुद्ध में खींच लूँ उस दीनहीन अपराधी को देवता गन्धर्व और मनीष भी नहीं बचा सकते।

उनके खिंचे मुख से निकली हुई इस पैनी बात को सुनकर मेज़ पर बैठे सभी अन्यजन बहुत प्रसन्न हुए और निशालोचकों में श्रेष्ठ रामप्रिय जी की भूरि-भूरि प्रशंसा करने लगे। गर्व से फूल रामप्रिय जी ने अपने मुँह को कान तक खींचा तदनन्तर वे होठों की टंकार से सम्पूर्ण मेज़ को गुँजाने लगे। युद्ध देखने की इच्छा से अनेक देवता सिद्ध और चारण आदि महात्मा न जाने कहाँ से आ एकत्र हो गए और मन ही मन पूछने लगे कि एक ओर भयंकर शब्द बोलने वाले इतने लोग हैं और दूसरी ओर अकेला कवि, फिर यह युद्ध कैसे होगा ? जब कौतूहलवश यह लोग मेरी मंगलकामना कर रहे थे उसी समय विभिन्न धातुओं के शब्दायुधों से उपलक्षित होने वाली निशालोचकों की यह मेज़ गंभीर गर्जन करती हुई चारों ओर से मुझ पर टूट पड़ी। मैंने पास लगी डेढ़ फ़ीट × दो फ़ीट वाली जालीदार खिड़की से बाहर देखते हुए जब प्राण त्यागना निश्चय किया तब गिरजाघर के ऊपर आकाश में गधों के समान धूसर वर्ण वाले बादल इधर-उधर मनीष के कुत्तों की तरह विचर रहे थे और भले लग रहे थे। सिर घुमा कर अन्दर देखा तो लगा मनुष्य पशु है जिसे तर्क करने की शक्ति मिल गयी है। शायद वह भी नहीं। वह भी नहीं। भी नहीं। नहीं। हीं हीं हीं। ही ही ही। ह ह ह ी ी ी।

संगठन के बढ़ने से शक्ति की नयी मेज़ें पैदा हो गयी हैं। डाक टिकट बेचने वाली से लेकर कामतमाममंत्री तक इनकी एक लम्बी अटूट नचैनी बन गयी है। जब तक आप शिकायत करें और मतदान में हराएँ तब तक ये खूब मौज कर चुके होंगे। जिधर आँख जाती है उधर अफ़सरों और जासूसों की नाकेबन्दी है ऐसे में जो नाक की सीध चले वह मारा जाय। पुलिष्ठान के चक्कर में कौन नागरिक नहीं आया और रामप्रिय और यदुनाथ ने किस कवि को साजिश में नहीं जकड़ा। सामन्तों के ख़िलाफ़ आवाजें उठीं पूँजीपतियों को क्षीण किया गया पर सब मुँह ताकते रह गए जब अफ़सरों और जासूसों ने उनकी गद्दियाँ हथिया लीं। ये आज तक टस-से-मस नहीं हुए और न कल होंगे। इनके घुमावदार नियंत्रण के कारण समस्त अज्ञान के होते हुए भी सौ प्रतिशत सफलता मिलती है। इनका मारा आह भी नहीं कर सकता और करे तो कौन सुने। नेता के सामने कवि चुप है। शायद बच जाय। जो है सो है का वातावरण बना ठना है। हर चुनाव में हर बार वही चुना जाता है। लोकतन्त्र का विरोधाभास। हर पत्रिका में हर बार वही कवि मुसकराता है। मुकुट और सरस्वती की कृपा इनेगिनों पर ही हुई यह फिर से कैसा प्रकृति का आधुनिक अन्याय है जो पूछे वह मारा जाय।

—दिन भर थे कहाँ भटकते तुम, बोली कामिनी भर मधुर स्नेह। यह कविता इतनी है प्यारी जो भुलवाती है गेह। मैं यहाँ अकेली देख रही सरोज की रुग्ण देह। बोलो, तुमको क्या ऐसी कमी रही जिसके हित जाते अन्य द्वार?

—कैसे समझाऊँ वह आकुलता अब कहाँ रही जिसमें सब कुछ ही जाय भूल। निरीह जीने से अच्छा है हम हों उपकारी होने में समर्थ। क्यों न जिएँ सरोज के लिए उपयोगी बन। वही दे सके शायद हमारे जीवन को अर्थ। चल री तकली धीरे-धीरे।

यह उजड़ा सूना दारागंज। चल रहा द्वंद्व असुरों से। प्राणों के सुख-साधन में संलग्न असुर बनाते सारे नियम। कोई पूजता देह कोई लगवाता विविध विद्युत यंत्र निज गेह कोई अपूर्ण अहंता में समझता अपने को प्रवीण। मैं और मनीष दोनों ही विश्वास-हीन। फिर क्यों न तर्क सब कुछ सिद्ध करे, क्यों न हो युद्ध। यह शाप भरा है समस्यातंत्र। यों सोच रहा मैं कामना-विहीन। कोलाहल-कलह अनंत चले, एकता नष्ट हो बढ़े भेद जड़ता पहचान सकेंगे नहीं परस्पर चले विश्व गिरता-पड़ता मुझे क्या।

—सरोज लो दवा पी लो।

—देखो, मनीष आया है।

—तुम्हारा बुख़ार आज कम है।

—तुम ठीक हो जाओ तो घूमने चलेंगे।

—मैं आज डाक्टर से मिला था।

—कामिनी दूध लिए खड़ी है।

शब्द शब्द शब्द

मनीराम का छापाख़ाना सब काम करने वालों ने मिल कर बन्द करवा दिया। छापाख़ाना कर्मचारी संघ ज़िन्दाबाद एकता ज़िन्दाबाद हमारी माँगें। कर्मचारी संघ के सचिव बैजनाथ का बढ़िया भाषण हुआ। संघ को चलाने के लिए चन्दा किया गया जो पता नहीं कहाँ गया। हम मारे मारे घूमे तनख्वाह कटी पैसा कम मिला। फिर तनातनी हुई। संघ का चन्दा और बढ़ा दिया गया। ऐसे में कौन बैजनाथ पर उँगली उठाए। जो उठाए वह मारा जाए, भाई-भाई का दुश्मन कहलाए। वाह री एकता वाह री माँगें।

बहुत दिन पहले की बात है। एक देश में एक प्रजा थी। उसे सब सुख थे पर एक दुख था। उसका कोई नेता न था। इसलिए प्रजा का हर सदस्य अलग-अलग जीवन व्यतीत किया करता था। जब उसका मन होता वह काम करता जब न होता न करता। वह जाने उसका काम जाने। इसे समाचार पत्र में छापने की आवश्यकता नहीं पड़ती। महान् कार्य भी करते हुए लोग दिखलाई पड़ते। तरह-तरह के प्रेम करते हुए लोग भी मिलते। कभी-कभी किसी से ग़लती भी हो जाती पर ऐसी नहीं कि उससे आतंक छा जाए या पूरी प्रजा के मन में भय समा जाय। कहने का मतलब यह है कि संगठन के अभाव में व्यक्तिगत स्वतन्त्रता अपनी चरम सीमा पर थी जिसे देखकर आकाश में विमानों पर डोलते देवता भी ईर्ष्या करते थे। चारों ओर थी प्रसन्नता की धारा जिसमें था केवल मधुर गान थी कर्म निरंतरता प्रतीक चलता था स्ववश अनन्त ज्ञान। सब थे बराबर सब थे लघु-लघु प्राणी। ऐसा नहीं था कि कोई दुःख नहीं था। किसी का भाई बीमार पड़ता था, किसी की माँ मर जानी थी, तो लोग उसका साथ देते थे पर दुःख उठाता वह अकेला ही था क्योंकि सहानुभूति में न कोई अपने प्रियजन को मारता था न ही अपना काम छोड़ता था न किसी की नक़ल करता था। प्रजा मिलकर कोई काम नहीं कर पाती थी इसलिए बहुत दिनों तक देश की जिसे

आजकल प्रगति कहते हैं नहीं हुई। जब यातायात के साधन बढ़े तब नए स्वर सुनाई दिये कू छुक् छुक् छुक् फट फट फट भर्र भर्र भर्र र्र र्र र्र पों पें जूं जूं जूं। अलसाई प्रजा जागी और उसने अँगड़ाई ली। चकाचक से फटाकट की ओर का नया पथ उसे दिखलाई दिया। कदम कदम डाल डाल उस ओर बढ़ी। फिर चल पड़ा जिधर एक डग चल पड़े कोटि डग उसी ओर। व्यक्तियों की प्रजा जुलूसों की प्रजातंत्र बन गयी। बड़ा मज़ा आया। पर साथ में आया सम्मिलित क्लेश, उजड़ा सारस्वत प्रदेश, भौतिक हलचल, जीवन का मोल—भय के भविष्य का द्वार खुला। सोया नेता जागा। उसे लख बोले लोग :

—हाँ-हाँ तुम ही हो अपने सहाय! सबका नियमन शासन करते बस बढ़ा चलो अपनी क्षमता तुम ही इसके निर्णायक हो कहाँ विषमता या समता तुम जड़ता के चैतन्य हो करो विज्ञान सहज साधन उपाय लो यश लोक रहो छाय। हँस पड़ा नेता। ले लिया भार अपने सिर पर उसने अपना सिर नवाय।

नेता चला अग्नि ज्वाला-सा उल्लास भरा सुन्दर आलोक-किरन सा प्रगति की पताका लिए जिधर देखता उधर खुल जाता पथ। आश्रय की भूखी प्रजा ने निज श्रम के उपहार दिये खेतों में हैं कृषक चलाते कर्षित्र प्रमोद सने उधर धातु गलती बनते उपादान औ' वस्त्र नये। घन के आघातों से होती जो प्रचण्ड ध्वनि तो सहम जाते रमणी के मधुर कंठ। अपने वर्ग का बना संगठन करते सब श्रम, फलता-फूलता नेता उनके मिलित प्रयत्न-प्रथा से। बने सब पेंच प्रजादत्त-चक्र-यंत्र के। नेता प्रहरी से बने मालिक।

हुआ प्रभाव मुझ पर भी। मनीराम का छापाखाना त्याग मैंने इला संग प्रकाशनगृह खोला।

धीरे-धीरे सभी हुए नेता। आदमी-आदमी से नहीं जुलूस-जुलूस से भिड़े। आए हड़ताली फेरते हरताल। बना सब हरणीय। नेता बने मनमाने आया मनचलायुग।

शक्ति शक्ति शक्ति, पड़ा शक्ति का अकाल

लाला श्रद्धादेव एक बड़े सौदागर की दुकान में नई-नई फैशन का सामान देख रहे हैं। लाला मनीष, मुन्शी चुन्नीलाल, और मास्टर शम्भूदयाल उन्के साथ हैं।

—सेठ जी, यह क़लम की जोड़ी हमको पसन्द है इसकी क़ीमत क्या है, लाला श्रद्धादेव ने सौदागर से पूछा।

—इसके साथ की हीरा लगी सोने की जोड़ी तीन हज़ार रुपयों में मैंने एक रईस को दी है, लेकिन आप हमारे दोस्त हैं, आपको मैं चार सौ रुपए कम कर दूँगा।

—निस्सन्देह ये क़लम आप की जेब के लायक़ हैं, इनके लगने से उसकी शोभा दुगुनी हो जायगी, शंभूदयाल बोले।

—आहा, मैं तो इन पर करी गयी कारीगरी देख कर चकित हूँ, वाह भई वाह, मुंशी चुन्नीलाल ने कहा।

—आपके पास बहुत से क़लम हैं फिर इसके बिना आपका कौन-सा काम अटक रहा है, लाला मनीष कहने लगे। शोभा बढ़ाने की चीज़ों से भोले-भाले आदमियों का जी ललच जाता है परन्तु बुद्धिमान बहुत ज़रूरत की चीज़ों के सिवाय किसी पर मन नहीं चलाते।

—ज़रूरत भी तो अपनी-अपनी रुचि के समान होती है, मंशी चुन्नीलाल ने चिढ़ कर कहा।

—और जब मज़दूरों की तरह मालिक भी, जनता की तरह मंत्री भी, अपनी रुचि के समान काम न करें तो फिर ग़रीब और अमीर में अन्तर ही क्या रहा? मास्टर शंभूदयाल ने जोड़ा।

—अन्तर मन का नहीं व्यवहार का होना चाहिए, लाला मनीष फिर बोले।

—अब सद्व्यवहार का समय गया दुनियादारी का आया, लाला श्रद्धादेव ने दुनियादार बनकर कहा।

—क्यों सेठ जी, यह क़लम कहाँ के बने हुए हैं, बात बदलते हुए मुंशी चुन्नीलाल ने कहा।

—अभी हाल में विदेशी नीति के उपमंत्री जी ने बहुत कठिनाइयाँ पार कर के अपने पुत्र, भगवान उनका भला करें, और एक विश्वविख्यात फ्राँसीसी कारखाने के बीच सहयोग स्थापित करवा वहाँ से मशीनें मँगवा इनका निर्माण अपने ही देश में आरम्भ किया है। स्वेज़ नहर, पता नहीं चली या नहीं, के पूर्व में अपनी तरह का यह पहला कारख़ाना है, सेठ जी ने गर्व से कहा।

—अच्छा, बहुत अच्छा, इनकी क़ीमत हमारे हिसाब में लिखकर इन्हें हमारे यहाँ भिजवा दीजिए, लाला श्रद्धादेव ने कहा।

—मैंने ऐसी ही जोड़ी एक दूसरी दुकान पर कम दाम में कुछ दिन पहले देखी थी, लाला मनीष ने टोका।

—नामुमकिन, नक़ली होगी, फिर भी आपको सन्देह हो तो आप तीसरे

पहर मास्टर साहब को यहाँ भेज दें, मैं बीजक दिखला कर दाम तय कर दूँगा, सेठ जी ने कहा।

इस बात पर सब राज़ी हो गए, मनीष ने इतना अवकाश बहुत समझा अच्छी सलाह देने के लिए, श्रद्धादेव के मन में हाथ से चीज़ निकल जाने का खटका न रहा, चुन्नीलाल और शम्भूदयाल को अपने-अपने कमीशन तय करवाने का समय मिला और सेठ जी को लाला श्रद्धादेव की असली हालत जानने का अवसर मिला।

अभी कुछ समय ख़ाली है इसलिए :

एक सच्ची कहानी

सिविल लाइन्स के एक टूटे गिरजाघर में सामने की ओर बने एक बग़ल के कमरे में एक समाजवादी दल का एक दलीय दफ्तर चुनाव तक के लिए खोला गया। उसकी ऊँची-ऊँची दीवारों पर से चूने का पलस्तर जगह-जगह से टूट गया था और किसी छिपकली के शिकार की टोह में दौड़ने तक से झड़ने लगता था। फ़र्श के छोटे चौकोर पत्थर जगह-जगह टूट घिस और धँस गए थे। एक पुरानी मेज़, दो कुर्सियाँ और तीन स्टूल इधर-उधर पड़े थे। एक पीले प्रकाश का मद्धिम बल्ब मकड़ी के जालों के बीच से एक काली हो गयी उमेठनवाली डोरी से लटका बीच में जलता रहता था। जाड़े के दिन थे इसलिए अन्दर का अन्धकार और सीलापन किसी को भीतर जाने के लिए प्रेरित नहीं करता था। पर चुनाव तो चुनाव। कहाँ-कहाँ नहीं जाना पड़ता, किससे-किससे नहीं मिलना पड़ता औरक्या-क्या नहीं सुनना पड़ता। जीत जाओ तो भूल जाओ नहीं तो याद कर-कर कुढ़ते रहो तन मन धन। इस उपचुनाव में काँच-का-महल नामक प्रकाशन गृह के मालिक श्रद्धादेव ने समाजवादी टिकट पर चुनाव लड़ना तय किया था, प्रजातंत्र की महिमा। उन्हीं के छापेख़ाने में छपे अनेक चुनाव-पत्र मेज़ पर पड़े थे और एक-दो दरवाज़े पर कील से लटके झूल रहे थे।

लूकरगंज से नया रेल का पुल पार करके मनीष अपनी फटफटिया पर चढ़ कर ठीक सुबह दस बजे आ गए और सामने का दरवाज़ा खोल कर मेज़ की पीछे वाली कुर्सी पर बैठ गए। मन लगाने के लिए उन्होंने चुनाव के पर्चों की गड्डियाँ बनाई, एक डायरी में कुछ नाम लिखे, फिर एक पर्चा निकाल कर पढ़ने लगे।

बाहर साइकिल रखकर ताला लगाने की आवाज़ आई। पर मनीष ने

सिर नहीं उठाया बल्कि और ध्यान लगा कर पढ़ने का अभिनय किया। चप्पल चटखारते हुए सखाराम पजामा-कुर्ता-सदरी पहने अन्दर आए। सामने वाली कुर्सी को खिसकाकर बैठ गए।

—श्रद्धादेव आए ? सखाराम ने आख़िर पूछा।

—नहीं, धीरे-धीरे सिर उठा कर मनीष ने कहा।

—लगता है इस बार पैसों की कमी है पर हमारा पैसा तो मिलना ही चाहिए रोज़ वोट के लिए दौड़ते हैं, सखाराम ने अपने भाव को दबाने के लिए जेब से सिगरेट बनाने का सामान एक-एक कर निकालते हुए कहा।

—मिलेगा, वक्त आने पर मिलेगा, मनीष ने फिर जानकार सिर गिराते हुए कहा।

—लगता नहीं, यह छठे चुनाव को लड़वा रहा हूँ, इसी में ज़िन्दगी बिता दी, वक्त की बात जानता हूँ, सखाराम ने चुटकी से तम्बाकू कागज़ पर सजाते हुए कहा।

किसी के आने की आहट हुई। मनीष फिर पढ़ने में लग गए और सखाराम ने सिगरेट चिपकाने के लिए कागज़ के किनारे पर जीभ चलाना तय किया। सर्दी से हाथ मलते मुन्शी चुन्नीलाल ने प्रवेश किया।

—मास्टर साहब नहीं आए अभी तक, मुन्शी चुन्नीलाल ने दोनों के बीच आवाज़ फेंकते हुए कहा और स्टूल खींच कर बैठ गए। दोनों में से कोई नहीं बोला। चुन्नीलाल ने आगे झुककर मेज़ पर से एक पर्चा उठा कर ज़ोर-ज़ोर से पढ़ना शुरू किया :

—प्रिय मतदाताओ, ऐसा क़दम उठाना ज़रूरी है जिससे अधिकाधिक लोगों का अधिकाधिक भला हो, हा हा हा हा हा चुन्नीलाल हँस कर फिर पढ़ने लगे, इस समय देश संकट और बढ़ती कीमतों के बोझ से लदा हुआ है, पढ़ना रोक कर बोले, लगता है साला पैसे नहीं देगा।

—यह इसमें से कैसे निकला, मनीष ने पूछा।

—अपने दिल से पूछो, चुन्नीलाल ने कहा।

—सीधे से नहीं देगा तो टेढ़े से ले लेंगे, सखाराम ने बनी सिगरेट मुँह में लगा माचिस के लिए दोनों जेबें टटोलते हुए कहा।

—मिलेगा, सब मिलेगा, मनीष ने दराज़ खोलकर माचिस निकाल कर सखाराम को देते हुए कहा।

—और सुनो, कथनी और करनी के अन्तर का अनुभव आज प्रत्येक नाग-

रिक कर रहा है, पर्चा पढ़ते हुए चुन्नीलाल ने सिर उठाकर जोड़ा, लगता है हम भी इसके शिकार होंगे।

किसी के पैदल चलकर आने की आवाज़ बाहर से आई। कोई है ! आवाज़ अन्दर आती चली गयी। कृष्णलाल ने आते ही एक धप् सखाराम की पीठ पर कहो यार कहते हुए मारी और दूसरी चुन्नीलाल के। ह ह ह ह ह। सखाराम के मुँह से सिगरेट गिरते-गिरते बची और चुन्नीलाल ने किसी तरह अपने को स्टूल पर सम्हाला।

—तुम लोग मुँह लटकाए क्यों बैठे हो, मैं जानता हूँ फिर, हँसते हुए कृष्णलाल ने कहा।

—क्यों, तीनों ने कृष्णलाल की ओर उत्सुकतापूर्वक देख कर कहा।

—मैं क्यों बताऊँ मुझसे मतलब, कृष्णलाल ने उचित प्रभाव पैदा करने की सफलता से फूलकर कहा।

—मैं तो मुँह लटकाए नहीं बैठा हूँ, मनीष ने प्रतिवाद किया।

—थोड़ी देर में बैठ जाओगे, कृष्णलाल ने चुन्नीलाल की ओर आँख मार कर उसे अपने विश्वास में लेते हुए कहा।

—यह क्यों बैठेंगे, ये तो नेता जी के हितैषी हैं, चुन्नीलाल ने इशारा पकड़ कर हितैषी पर ज़ोर देते हुए कहा।

—राजनीति में कोई किसी का हितैषी नहीं होता, सखाराम ने छल्ला छोड़ कर बुनियादी बात कहने के लहज़े में कहा।

—अच्छा, तुम लोग इंतज़ार करो, थैली नहीं आएगी, मैं चला, यह कह कर कृष्णलाल बाहर की ओर बढ़ा।

—सुनो तो, मनीष चिल्लाया पर बेकार।

—सुना है कृष्णलाल यहाँ की खबर पंडित रामभरोसे को जाकर देता है, कुछ रुक कर सखाराम ने कहा।

—सुना मैंने भी है पर आज कल बेईमानी कहाँ नहीं है, चुन्नीलाल ने पर्चा मरोड़ कर मेज़ के नीचे फेंकते हुए कहा।

—बेईमानी से शक्ति मिलती है, सखाराम ने कह कर एक कश ज़ोर से खींचा और छत की ओर देखा।

—चुनाव में खड़े आदमी को फूंक-फूंक कर क़दम रखना पड़ता है, मनीष ने एक बीच बचाव की बात कही।

—कबिरा खड़ा चुनाव में माँगे सब की वोट, ना काहू से दोस्ती ना काहू

से खोट, सखाराम ने तुरन्त-कविता की बानगी दिखाने का परिचय देते हुए उत्तर में व्यंग किया।

—कल रात देर तक पश्चिमी क्षेत्र में बस्ती-बस्ती घूमता रहा, सोचा था आज पेट में अन्न पड़ेगा पर वह भी मंजूर नहीं, चलो चलें, चुन्नीलाल ने सखाराम से कहा।

—यह तो बताओ दोहा कैसा बनाया, सखाराम ने इस बेवक्त के रोने को काट कर कहा।

—अच्छा रहा, इससे तो पंडित रामभरोसे अच्छे थे, कह चुन्नीलाल उठ गया।

पै......सा

मैं बिल्कुल बदल गया हूँ मैं वह नहीं रहा जो पहले था। मैं बिल्कुल बदल गया हूँ मैं बिल्कुल बदल गया हूँ। मैं वह नहीं रहा जो पहले था मैं वह नहीं रहा जो पहले था। मैं वह नहीं रहा जो पहले था मैं बिल्कुल बदल गया हूँ।

अब मैं व्यापार में इला के महल का उपस्कर हूँ। मठाधीश हूँ। फलस्वरूप कामिनी सरोजिनी भी मज़े में हैं। उनके हित में मैं बदला। अधिक लोगों के हित में मैंने अपने को बदला। पर जिनके हित में मैं बदला वे ख़ुश नहीं हैं। उन्हें पुराने संगम याद आते हैं। या उनका हित देखूँ या उनकी ख़ुशी। आदमी अपने हित में भी ख़ुश नहीं रहता। चोर जेल में ख़ुश नहीं रहता जहाँ उसे उसी के हित में रखा गया। सब चोर हैं।

सब कहते हैं मैं वह नहीं रहा जो पहले था। मेरा शरीर वही है पर मैं वह नहीं हूँ। अजीब बात है। लोग नहीं जानते वे क्या कह रहे हैं। मेरे व्यक्तीयन के लिए क्या यह ज़रूरी और काफ़ी नहीं है कि मेरे शरीर की पहचान चाल-ढाल वही है। मैं वही हूँ जो पहले था :

मैं यह जानता हूँ इसलिए ग़लत नहीं हो सकता।

मैं हमेशा ग़लत हो सकता हूँ।

अतः मैं नहीं जानता।

धत् तेरे की।

इसे किसी और ढंग से सोचा जाय।

मैं दारागंज में ख़त्म हुआ और इलाहाबाद में फिर से पैदा हुआ। कोई कामिनी मुझे बराबर आँख लगाए देखती तो नहीं रही पूरे रास्ते भर। अगर

देखती भी रही तो पलक तो झपकी होगी । यदि एक पल के लिए भी मेरे अस्तित्व में असंतता आ गयी तो वह नहीं रहा जो पहले था । तब यह इत्तफ़ाक की ही बात है कि पुनर्जन्म के बाद मुझे वह सब याद है जो पहले मालूम था । कामिनी की सुन्दर नाक, गोल चिबुक, लम्बी गर्दन, बायाँ कुछ छोटा कुच, सुन्दर मध्यभाग, बायीं ज़्यादा गोरी जाँघ पर काला उभरा तिल, इत्यादि । पर इसमें मेरी क्या ग़लती है ? मेरा क्या नैतिक उत्तरदायित्व है ? मैं क्यों ऐसे देश में पैदा हुआ जहाँ पुनर्जन्म अक्सर होता है ? कोई बताए । मैं मर कर भी क्यों ज़िन्दा हूँ ? क्यों ज़िन्दा हूँ ? ज़िन्दा हूँ ? या नहीं !

मैं बिल्कुल बदला नहीं हूँ सिर्फ़ मरा हूँ । देखो अब भी मेरे चेहरे पर वही सौम्यता है, आँखों में वही भाव है, लगता है जैसे अभी बोलूंगा । वैसे ही जैसे सदा बोलता ओया हूँ, कामिनी तुम रोओ मत, सरोज मैं तुम्हें बीमार छोड़ कर नहीं जा सकता, मैं सदा साथ रहूँगा, मैं बचा रहूँगा, हो सकता है मैं तुम्हें देख न पाऊँ, तुम्हारी हँसी सुन न पाऊँ, तुमसे बात न कर पाऊँ, पर रहूँगा तुम्हारे बीच ही, यहाँ कहीं आस-पास ही, मेरी तरह चुपचाप हो जाओ, आँखें मूँद लो, तो महसूस करोगी, महसूस करोगी, महसूस करोगी । मैं क्या था, क्या हो गया हूँ, क्या होऊँगा अभी ।

कामिनी तुम हृदय कड़ा कर धीरे-धीरे सब सह लो ।

तुम मेरी साइकिल का अगला पहिया हो ।

सफलता यमनीष का सारमेय है ।

—सच मानो, मेरे मूक हृदय ने कहा ।

—क्या अब यह भी कहना पड़ेगा, कामिनी की आँखें बोलीं ।

जैसे बुद्धिमान व्यक्ति के पहुँचने से मेज़ पर बैठे बात करते सब लोग चुप हो जाते हैं वैसे ही मेरी कविता के छपते ही सब साहित्यकार अन्य कार्यों में व्यस्त हो जाते हैं । तब मैं ही बात उठाऊँ । और तब यह मुझ पर उँगली उठाएँ यह कैसी विडम्बना ।

ले०—लोचक ! घट विनय के बिना भी पात्रता को प्राप्त है ।

आ०—मूर्ख ले, सुन ! पात्रता से धन मिलता है ।

ले०—तब लिखना छोड़ कर धनोपार्जन ही करूँगा ।

आ०—धन से धर्म एवं धर्म से सुख ।

ले०—तब तो द्राविड़प्राणायामविधि से मैं सीधा सुख भोग ही करूँगा ।

आ०—ले मूर्ख !

चिराग़ गुल और मौत के घंटे

७ अप्रैल : राजधानी के कुछ भागों में प्रजा रात में मूल्यवृद्धि, भ्रष्टाचार, तथा पुलिस जुल्म के विरोध में पाँच मिनट के लिए चिराग़ गुल रखेगी और मौत के घंटे के रूप में थालियाँ बजाएगी।

मृत्यु, पुनर्जन्म, भ्रष्टाचार, संसार, माया, गंगा, मोक्ष, सागर, अकाशयात्रा, वर्षा, पुनर्जन्म, गोमुख, चक्र, कुचक्र, क्रकुच, कुच, कुचमुख, कुचकुचाना, कुच-कुचा, कुचकुच, कुचकुचवा, कुचुमार, कुचार्य।

गंगा की धारा दूध की धारा गंगा की धारा गंगा के दूध की धारा गंगा का दूध।

कन्या का नाम धातु और नदी पर नहीं रखना चाहिए नहीं तो वे बराबर कुचक्र में जन्मती हैं। अच्छा हुआ कामिनी सरोज इला इससे बच गयीं नहीं तो मुझे कभी चैन नहीं मिलता।

इला गंगा-फंगा में नहीं नहाती यद्यपि जब देखो तब गुसलखाने में नहाती रहती है समय-असमय। सरोज नहाना चाहती है पर जा नहीं सकती वहाँ तक अंतिम यात्रा तक। कामिनी तो दारागंज की गंगा का नित सेवन करती है और लौट कर हमेशा कहती है—जैसे गंगा जाकर समुद्र में मिल जाती है वैसे मैं चाहती हूँ तुम में मिल जाऊँ। अजब चाह पाले रहती हैं ये प्रेमातुर परियाँ। मुझसे पूछा भी नहीं कि मैं समुद्र बनना चाहूँगा या नहीं और बन कर बैठ गयीं गंगा और लगीं मिलने। कोई ढंग हुआ। मान लो मैं समुद्र नहीं बनना चाहता। यह नहीं कि कुछ बनना नहीं चाहता। सभी लोग जो हैं वह छोड़ कर कुछ बनना चाहते हैं जिसके पीछे न तर्क है और न आगे सुख। पर यदि जीवन दुःख है तो उसे सहने का यह अच्छा ढंग निकाल लिया है बस। मुझे अगर यह अपनाना है और कुछ बनना ही है तो मैं क्यों बनूँ समुद्र क्यों न बनूँ मकर ! यह बात दूसरी है कि अपना नाक-नक्शा रखते हुए मैं बिल्कुल मकर में नहीं बदल सकता पर मेरी आत्मा बदल सकती है। मनुष्य के शरीर में मेरी आत्मा बदल कर मकर की आत्मा हो गयी और मेरी आत्मा निकल कर ज़रूर उस धूप में पड़े आराम करते मकर के शरीर में चली गयी होगी जिससे मैंने आत्मा उधार ली। आत्मा के लेन-देन का नियम मुझे मकर से जोड़ता है। आत्मा की अविनाशिता का सिद्धान्त। तभी तो लोग कहते हैं कि मैं बिल्कुल बदल गया हूँ। पता नहीं मकर आपस में ऐसा सोचते हैं या नहीं। तो कुल मिलाकर मैं मकर मकर मैं सम्पूर्ण सृष्टि की एकता के भारतीय चिंतन को चरितार्थ करते हुए। इस मामले में शेष

दुनिया हमसे ग़रीब है । उन पर अभी यह नियम लागू नहीं होता जब तक हम समृद्ध होकर उनके हित में इसका निर्यात करना नहीं शुरू कर देते ।

कहते हैं सरस्वती के गुण धीरे-धीरे गंगा को प्राप्त हो गये और उसके व्यक्तित्व के बदलाव का आर्यों तक को पता न चला जो अपने को हमेशा से बड़ा लगाते रहे हैं । जब बाद में पता चला तब देर हो चुकी थी इसलिए अपनी भूल को ढकने के लिए, बदमाशी तो देखो, पूरा दर्शन रच डाला जिसमें हर चीज़ एक दूसरे से आपसी सम्बन्धों सूत्रों धागों से बँधी हुई है इसलिए एक दूसरे में अदली बदली जा सकती है । कभी-कभी एक ही वस्तु नाना प्रकार से अभिव्यक्त होती है कि बच्चे भी दाँतों तले उँगली दबाएँ—मनुष्य, जन्तु, पेड़, फूल, प्रतीक, शब्द —और कभी-कभी इनके आपसी संभोग से संतत तरह-तरह के संकर जातीय नमूने । यह सब है माया का चक्र जो राजाओं, महाराजाओं, दारोग़ाओं, सिपाहियों, लेखकों, आलोचकों, प्रयागवासियों, गंगाकोंडाकोलापुरमवासियों, जातियों, विजातियों, मनीषों, यदुनाथों से कूऊऊउ करवाता है । इला जिसके मुख पर चन्द्र है के मुख से अक्सर सुना है बड़े-बड़े चक्कर हैं, चक्र हैं, कुचक्र हैं, कुच हैं, फिर घूम कर वहीं । कुल मिलाकर बात बस इतनी है कि लोग कहते हैं मैं बदल गया हूँ अगर आप आचार्य जूताबनानेवाले हैं तो अपना नियम लगाकर बूझ लीजिए बेकार बहस से क्या फ़ायदा जब सरस्वती गंगा में गंगा जमुना में भूत वर्तमान में वर्तमान भविष्य में भविष्य सरस्वती में हमारी नाक के नीचे एक दूसरे में बदल जाते हैं फिर मुझ नाचीज़ की क्या हस्ती ।

सृष्टि का आरम्भ जल से हुआ और अंत भी जल में होगा ।

गंगा जमुना सरस्वती ब्रह्मा विष्णु महेश भूत भविष्य वर्तमान स्वर्ग भूतल पाताल एक दो तीन खूब बजाओ बीन ।

दो ही रास्ते हैं या तो मैं बदल जाऊँ या दुनिया को बदल लूँ । दुनिया वाले कहते हैं मैं कामचोर हूँ स्वार्थी हूँ इसलिए उन्हें नहीं बदला ख़ुद ही बदल गया । रह गया मैं अपना सा बदला मुँह बाए ।

ज्यों ही बड़े बिजलीघर के पास पहुँच मैं मुड़ा चौक जाने के लिए सामने रेल का पुल दिखा । थोड़ी देर खड़ा रहा कि कोई सवारीगाड़ी या मालगाड़ी ही सही धड़धड़ाती हुई निकले तो मैं नीचे से गुज़रूँ । पर रेलों की कुछ आदत ऐसी है कि जब तुम चाहोगे तब नहीं आऊँगी, नख़रेवाली । खड़ा-खड़ा मैं सुबह दस बजे की धूप में खिले दृश्यचित्र को देखने लगा । कितनी कम औरतें अपने

आप घूमती हैं यहाँ सब घर में बैठी बच्चों बच्चियों आदमियों को सुला नहला खिला पिला भेजने में लगी होंगी सड़कों पर। ख़ुद बैठी रहेंगी घरों में गायों सी अपने-अपने गोमुख लिए जिनमें से निकली हैं यह सब सिरों हाथों पैरों की सहस्त्र धाराएँ। क़रीब दस लड़कियाँ मोटी किताबें अपनी छातियों से चिपकाए, खुशकिस्तम किताबें, आईं और चहचहाती निकल गयीं माँ के पिंजड़े से निकल गुरुआनी वाले में हँसते-हँसते दिन बिताने के लिए। पैदल साइकिल रिक्शे इक्के मोटर बस में भर भर न जाने कितने अँगूठों में बँटे समय के सिंधु पर छलाँग लगाते वायुपुत्र लाल होठीले पुल और लपलपाती काली जीभीली सड़क से बने सुरसा के खुले मुख में फिर बाहर निकल आने के लिए न जाने कौन-सी परीक्षा देने समाते चले जा रहे हैं, कहाँ जाना है इन्हें!

यह बात समझ में नहीं आती, जिसके आए वह बताए, कि हमारे ऋषि मुनि देवी देवता कवि महाकवि चलना रथारूढ़ होना विमान बेविमान उड़ना छलाँग लगाना आदि यातायात के साधनों में तो इतने माहिर थे कि उनके बारे में लिखी गोरखधंधापुरी किताबें पढ़ने में बड़ा छोटे बड़ों सब को मज़ा आता है पर उन्हें तैरना नहीं आता था। अपनी बात की पुष्टि के लिए निम्नलिखित उदाहरण प्रस्तुत करता हूँ:

शृङ्गवेरपुर में गंगातट पर पहुँच कर निषादराज की नाव से गंगा पार करने की कहानी।

चित्रकूट का मार्ग बताते हुए भरद्वाज मुनि ने पराक्रमी श्रीराम से कहा— गंगा और यमुना के संगम पर गंगा के प्रवाह के प्रतिकूल दिशा में मुड़ी हुई यमुना के पास पहुँचकर पगडंडी से अवतरण-प्रदेश को ढूँढ़ कर एक बेड़ा बनाकर उसी के द्वारा उस पार उतरना।

पीछे-पीछे आते भरत का गंगा तट पर पहुँचकर निषादराज से अनुरोध— ऐसी व्यवस्था करो जिससे तुम्हारे मल्लाह बहुत-सी नौकाओं द्वारा हमें गंगा पार उतार दें।

हनुमान का लंका में जा सीता से मिलने के लिए सुरसा के मुख से होते हुए समुद्र को लाँघना।

नल के द्वारा समुद्र पर सौ योजन लम्बे पुल का निर्माण तथा उसके द्वारा श्रीराम आदि सहित वानर सेना का लंका पहुँचना, इत्यादि।

शायद इसीलिए मुझे जल से सांस्कृतिक डर लगता है और मैं कभी नदी में तैरने नहीं जाता। सड़कों पर भीड़ में ही चलने को तैरना कह मन को सन्तोष दे लेता हूँ।

मेरे प्रकाशन क्षेत्र में मठाधीश बन सफल होने की पूर्वकथा।

पुनर्जन्म की अपनी प्रथा के अनुसार मनीष, मनीष का कुत्ता और मैं हर युग में पैदा होते रहते हैं। यह बात दूसरी है कि यह तीनों आत्माएँ कभी-कभी आपस में शरीर बदल लेती हैं। कम-से-कम मेरी और कुत्ते की आत्मा तो अक्सर शरीर अदल-बदल चुकी है जिसकी वजह से कुछ आदिम शारीरिक प्रतिक्रियाएँ अब भी मेरे शरीर में याद बनकर रह गयी हैं जो चाहे अनचाहे मुझे बड़ी कठिन स्थितियों में डाले बिना बाज़ नहीं आतीं और अक्सर मैं अपने दोनों हाथ सामने की ओर लटकाए फाटकों और घरों की दूरी आर-पार करता हुआ पाया जाता हूँ।

एक बार की बात है कि मनीष के फाटक पर घण्टों चिल्लपों मचाने के बाद भी जब कोई नहीं निकला तो मैं अपना दिल हाथ में ले अन्दर घुस गया। उस समय मैं मित्रमुख दुःखापे के बाहर था क्योंकि ग्यारहवीं लघुपत्रिका ने मेरी कविता लौटा दी थी कारण कि अभी तक मेरा नाम नामी नहीं था साहित्य की जानी मानी गलियों में। ऊपर से लोहे के फाटक से गला फाड़ फाड़ चिल्लाते चिल्लाते और कान को बदले में ध्वनि ऊर्जा वापिस न मिलते मिलते मैं बेहद ज़िन्दगी से थक गया था। कविता छपवाने के लिए जो कवि पत्रिका पत्रिका नामंजूरियाँ खा चुका हो वही मेरी हालत को उस समय समझ सकता था। ऐसे में अन्दर घुसते ही आफ़त का मारा मनीष का कुत्ता बीच रास्ते में आ खड़ा हो गया जैसे सम्पादक का बच्चा हो। मैंने बारंबार कहा :

—तुम रास्ते से हट जाओ, हट जाओ।

पर वह न माना अपनी मौज से चला और फिर रास्ते के बीच में बेढंगे खड़ा हो गया। मुझे दुःख था ही, आपे के बाहर हो गया और मैंने उसके सिर पर बाटा के जूते से मार दिया।

मनीष का कुत्ता तो मनीष का कुत्ता। पट्ठे ने आव न देखा ताव मनीष से तो कुछ कहा नहीं क्योंकि आखिर वह मेरा दोस्त है और इसलिए पक्षपात कर सकता है, दुनियादारी तो देखो, पहुँच गया ढूँढ़-ढाँढ़ कर एक राम-लक्ष्मण के मन्दिर में और लगा ठीक मूर्ति के सामने खड़ा हो लक्ष्मण जी की ओर देखता हुआ बारम्बार भूँकने। एक बार कृतयुग में धर्म न्याय आदि में डूबे राजा रामचन्द्र ने माता सुमित्रा का आनन्द बढ़ाने वाले लक्ष्मण से कहा था कि द्वार पर आए हुए कार्यार्थियों को एक एक कर सामने लाओ। तब से कई युग निकल गए पर लक्ष्मण की स्मरण शक्ति इतनी तेज़ है कि मनीष के कुत्ते को सामने अपनी

ओर निहार निहार भूँकते देख उन्हें भाई रामचन्द्र की दी आज्ञा की याद ताज़ा हो आई और मौक़ा देख उन्होंने लगता है उससे पूछ लिया कि बताओ क्या काम है। पर मनीष का कुत्ता तो एक हरामी है साला बोला कि मैं तो भगवान् श्रीराम के समक्ष ही अपना काम बता सकता हूँ। रात के नौ बज गए थे इलाहाबाद में पर लक्ष्मण ने रामचन्द्र को कोहनी से ठेल जगाकर कुत्ते के आगमन की सूचना दे दी। रामचन्द्र ने कुत्ते से अपनी बात कहने के लिए कहा तो उसने उनकी भूरि-भूरि प्रशंसा का ऐसा पुल बाँध दिया कि रामचन्द्र को समुद्र पर लंका पर चढ़ाई करते समय बना सेतु याद आ गया और कुछ कर गुज़रने को उनकी भुजाएँ फड़फड़ाने लगीं। चारों दिशाएँ अन्धकार से भर गयीं, बिजली चली गयी, पानी बन्द हो गया, क्योंकि नगर में अक्सर ऐसा होता है और अधिकतर प्राणी कुछ न कर पाने के कारण सो रहे थे उन्हें कोई विशेष बात है ऐसा पता न चला, पर मैं अपनी अछपी कविता को तकिए के नीचे रखे उस समय करवटें बदल रहा था और मुझे तुरन्त लगा कि दाल में कुछ काला है। जब रामचन्द्र अच्छी तरह से जाग गए तब उस कुत्ते ने अवसर देखकर कहा :

—राजा चुनाव से ही राज्य प्राप्त करे और धर्म से ही निरन्तर उसका पालन करे। आपको ऐसा जानकर मैं अपना कार्य बतलाता हूँ। प्रभो ! श्रद्धादेव नाम से प्रसिद्ध एक कवि है जो दारागंज में गंगा के किनारे दुमंजिले मकान में निवास करता है। उसने आज अकारण मुझ पर प्रहार किया है। मैंने उसका कोई अपराध नहीं किया था।

ऊपर से देखने में कोई चोट-वोट नहीं दीख रही थी पर साले ने सब भगवानों में रामचन्द्र को जानबूझ कर चुना था जो सबसे ज़्यादा अन्तर्यामी हैं। मनीष के कुत्ते ने जब जान लिया कि रामचन्द्र ने उसकी अन्दरूनी चोट को देख लिया है तब फिर बोला :

—श्रीराम ! यदि आप मेरी बात से सन्तुष्ट हैं तो आप मेरी इच्छानुसार निम्नबोलित वर दीजिए। आप इस कवि को एक प्रकाशनमठ का महन्त बना दीजिए।

श्रीराम ने सब कुछ जानते हुए भी पूछा कि ऐसा तुम क्यों चाहते हो क्योंकि यह तो देखने में वरदान लगेगा दण्ड नहीं। तत्पश्चात् मनीष के कुत्ते ने इस प्रकार कहा :

—राजाधिराज रघुनन्दन ! मैं पहले जन्म में एक असफल कवि था। मेरी कविता कोई छापता नहीं था और प्रकाशकगण मनमाना लाभ उठा लेखक को भूखों मरने के लिए छोड़ दिया करते थे। तब मैंने एक प्रकाशन गृह स्थापित किया

और उसका मठाधीश बना। वहाँ अपनी रद्दी-फद्दी कविताएँ छपवाता, आलोचकों को पैसे दे प्रशंसा लिखवाता, दास-दासियों को उनका न्यायोचित भाग बाँट देता, बड़े लेखकों का संग-साथ करता और अपनी सम्पत्ति की रक्षा में संलग्न रहता रहता बेहद सफल व्यक्ति हो गया पर कवि नहीं बन सका। आज मेरी कविता कहीं नहीं पढ़ी जाती। फलस्वरूप मुझे यह घोर अवस्था एवं अधम गति प्राप्त हुई। फिर जो ऐसा क्रोधी है, अभी से दूसरों को मारने में और सफल होने में लगा हुआ है, वह कवि तो प्रकाशक बन अपने साथ ही ऊपर और नीचे की सात-सात पीढ़ियों को नरक में गिराकर ही रहेगा।

ऐसा कह वह कुत्ता जिधर से आया था उधर ही चला गया। रामचन्द्र ने अपने दिये वर का पालन करने के लिए अमीर विधवा इला को इलाहाबाद में लाकर स्थापित करवाया जिसने मेरी ग़रीबी और असफलता का लाभ उठा एक प्रकाशन गृह खोलकर मुझे मठाधीश का पद ग्रहण करवा दिया। यदि ऐसा न होता तो कहाँ कामिनी सरोज और मैं और कहाँ इला महारानी और उनका गड़बड़घोटाला भला मैं उसमें फँसता पर परमात्मा की इच्छा। ॐ ॥

रामऔतार से किसी ने कहा आठ हो चुके थे अब नवाँ न करते तो वह बोला सब ऊपर वाले की माया है। ऊपर वाला मानो भगवान हो फिर नीचे वाली कौन हुई ?

दस बज गये, साढ़े दस बज गये, पर बिजलीघर के अफ़सर अभी तक नदारद हैं। आग से बिजली निकालते हैं, पानी से बिजली निकालते हैं, पर समय से बिजली नहीं निकाल पाते नहीं तो यह अपना देश बिजली पैदा करने में भी दुनिया में सबसे आगे बढ़ जाता। लगता है आज का दिन भर बिजलीघर में बीत जायेगा पर नये लगाये छापाखाने के लिए बिजली नहीं मिल पायेगी। सफलता की सुनहरी लंका में मुझे इला ने ले जाकर बैठा दिया है जब कि मेरे विरह में बिचारी कामिनी दारागंज और चौक के बीच ऊँची नीची इमारतों में तरह तरह की खिली खिड़कियों के नीचे से सड़कों गलियों गुज़र गुज़र मेरी याद में विह्वल हो हो रोती होगी और मैं इतना पास होते हुए भी समय के समुद्र को छलाँग पुल के खुले मुख से होता हुआ उसके पास पहुँचने में असमर्थ हूँ।

इतने लोग पुल के नीचे से चले जा रहे हैं। क्या इनके चलने से बिजली पैदा नहीं की जा सकती ?

इमारत का नक्शा, सिमेन्ट का परमिट, बिजली की आज्ञा, पानी का माप-

यन्त्र, सड़क पर कुटवाने की गिट्टी, पत्थर, बढ़ई, लुहार, पहिया, मुद्रणकल, टाइप, लकड़ी, बाँस, बल्ली, शीशा, खुरपी, फावड़ा, बीज, खाद, घास, फूस आदि पदार्थों सुविधाओं के लिए निम्नलिखित महानुभावों से भेंट करनी है निकट आते समय में : गंगा प्रसाद जायसवाल, रिपुमदन लाल श्रीवास्तव, विनोद बिहारी मुखर्जी, श्याम किशोर कक्कड़, पारसनाथ द्विवेदी, होतीलाल शर्मा, राम प्रताप सिंह, सियारामशरण गुप्त, मोतीलाल ज्वाला प्रसाद बाँसवाले, हीरा, रमई, सन्तू, श्रीकृष्ण कटारा, दीदार, मुहम्मद इलियास, मुरलीधर झा, रामावतार वेदी, हरी, रघुवीर, लल्ला और बाक़ी के नाम याद नहीं रहे इसलिए भइय्या कहकर पुकारना पड़ेगा।

कितने दिन हो गये सनीमा देखे हुए, सुना है तमाम नए भी बन गए। सब जानी पहचानी सूरतें बदल गयीं।

बिजलीघर की ओर आते समय मेरी बायीं आँख की नीचेवाली पलक ज़ोर-ज़ोर से फड़कने लगी थी, चलते-चलते मैं लड़खड़ा गया था और शरीर में कम्प होने लगा था। अब क्या होगा!

—मनीष! मनीष! ज़रा सुनो एक पल मेरे पास ठहरो। मेरा जी बहुत घबड़ा रहा है। देखो सामने पुरुषोत्तमदास पार्क है जिसमें उदार स्वभाव वाली कामिनी पहले एक दिन मेरे साथ बैठी हुई थी। उसकी मुसकान कितनी मनोहर थी, उस समय उसने हँस-हँसकर तुमसे भी बहुत-सी बातें कही थीं।

—सूर्यकुण्ड के ऊपर उगे सूर्यदेव, संसार में किसने क्या किया और क्या नहीं किया इसे तुम जानते हो, लोगों के कर्मों कुकर्मों के तुम्हीं साक्षी हो, बताओ इस समय कमल नयनों वाली मेरी प्रिय कामिनी किस टहल में लगी व्यस्त हो मुझे भुलाने की कोशिश कर रही होगी। निश्चय ही सरोज की सेवा में रत कामिनी मुझे प्राणों से अधिक प्रिय है और मेरी ही तरह शोक कर रही होगी। यह क्या हो गया कि चाह कर भी मेरी मुँदी आँखों के सामने भगवान की पूरी प्रतिमा नहीं बन पा रही है?

लो जायसवाल जी आ गए कुछ समाचार मिलेगा :

—जायसवाल जी! जायसवाल जी!

विमोचितावास

यह अपना न्यूटनवा भी बड़ा बदमाश था। सारी दुनिया को तीन गतियों में नाप गया। अपने यहाँ क्या नहीं था हो न हो पिछले जनम में वामन रहा होगा बाद में नया अवतार ले कर उतरा तो उतरने में देर कर दी इस बीच नीचे से पृथ्वी अपनी धुरी पर थोड़ा सा घूम गयी और तब तक जहाँ पहले पूरब था वहाँ अब पश्चिम आ गया भाग्य की बात देखो। यदि कोई व्यक्ति या जाति रेलगाड़ी या दुनिया में असावधानी से बैठा या बैठी हैं और रेलगाड़ी या दुनिया एकाएक तीव्र गति से चलना प्रारम्भ कर देती है तो वह पीछे की ओर गिर पड़ता या पड़ती है इस कारणवश कि उसके शरीर या आत्मा का निचला या जड़ भाग रेलगाड़ी या दुनिया की गति की नक़ल करने लगता है परन्तु ऊपर का या चेतन भाग विरामास्था या आरामावस्था में रहने की प्रवृत्ति के कारण विरामावस्था या आरामावस्था में ही बना रहना चाहता है। फलतः व्यक्ति या जाति पीछे की ओर लुढ़क पड़ता या पड़ती है मुए जड़त्व के सिद्धान्त के अनुसार।

स्वयमेवआङ्गलभाषामध्येतुमारभतअनेनउच्चतमापरीक्षासमाप्ताअहोअध्यवसायः पण्डितवामनावतारशर्मणः की पत्नी हुलसा ने अपने पंचवर्षीय योजन्मानुसार पुत्र की गटई में पाठशालाई सुटाई बाँधी और उसके मुखारविन्द से अनेक आत्मा को न समझ में आनेवाली पर कर्ण को अति सुख देने वाली गलौजवर्षा की पटपट सुन उसे गर्व से विदा कर मन में मुदित हो अपना दिन आरम्भ किया।

कोई न कोई दिन ऐसा होता ही है कि सुबह उठते ही कुछ-न-कुछ ताँता लगा ही रहता है दिन भर ही। यहाँ तक कि/ चिड़िया की आवाज़ भी सुनने की फ़ुरसत नहीं मिलती अख़बार के मारे, न फूल देखने की, न पेड़ों के रंग बदलने को महसूस करने की, न हँसने की। कितना कम जी पाता हूँ उस दिन।

उठा ही था कि अख़बार आ धमका। आसपास की उषा भरी रंगीन दुनिया छोड़कर तुरन्त उसमें सिर डाल कर डूब गया सफ़ेद को काला करती दुनिया में। तरह-तरह के काले कारनामे, दो सिर चार हाथ वाले बच्चे, आपस में होड़ करते नेता खिलाड़ी वैज्ञानिक, आज शहर में क्या-क्या होगा, रुपए की क़ीमत घटी, पानी भर कर रखने की नोटिस, मुहल्लों में सफ़ाई की जरूरत, सिनेमाघरों में हाथों की सफ़ाई, दूकानों से सामान की सफ़ाई, दीर्घकालीन चुम्बन का विश्व-

कीर्तिमान, महामहोपाध्याय दुलारे लाल भटनागर का व्यस्त-मक्खियों के सम्मुख प्राचीन संस्कृति के महत्त्व पर होनेवाले भाषण की सूचना, कौन जाएगा कौन आएगा, मंडी में गेहूँ चना जौ के न पहुँचने से क्या हो गए दाम, इत्यादि, उलटो पलटो।

आख़िरी पन्ना उलटते ही साइकिल से उतर कर सीढ़ी पर चढ़ आए प्राध्यापक बुद्धिउर्वर डाक्टर विवेक कुमार खरबंदा। फिरंगी चले गए चाय का प्याला छोड़ गए जिसे उठा कर मैंने बढ़ा दिया डाक्टर साहब की ओर उनकी मुझसे मिलने को आतुर बेशर्म मुसकराहट की ज्वाला को बुता देने की नियत से। बात चीत शुरू हुई :

—कहिए आज सुबह कैसे दर्शन दिए, मैंने स्वागत स्वर में बलपूर्वक कहा।

—संत मरियम स्कूल में बिटिया को पहुँचाने आया था सोचा अब कहाँ घर वापिस जाऊँगा साथ ही लेता जाऊँगा कुछ घंटों की ही तो बात है, उन्होंने मुझे विश्वास में लेने के स्वर में कहा।

—बच्चों की पढ़ाई के लिए आजकल के आदमी को क्या क्या नहीं करना पड़ता।

—इन्हीं का भविष्य बन जाए तो बहुत है अपना तो गया।

—संत की छाया में इन्हें सिखाया तो जाता होगा कि समय पैसा है।

—हमारे लिए तो मिट्टी।

—जी, मैंने अख़बार पर उड़ती हुई नज़र डाल कर कहा।

—एक मज़ेदार बात बताऊँ, उत्साह दिखाते हुए मेरे उचटते मन पर तीन कीलें गाड़ते हुए डाक्टर विवेक कुमार खरबंदा बोले।

—जी सुनाइए

—......वहाँ पहुँचा......

—जी

—......देर..................

..................ने............

....

—जी

—तब.........कहा............

....

......सच बात...............है।

—जी

—..................गए......

....

......वहाँ.....................

............था................

—जी

—..........................

....

....

........................पड़े ।

—जी

—..........................

....

....

....

—जी ी ी ी

—.........नहीं...............

............रहा................

............गया...............

—-जी

घर से निकला तो मिल गए बहुत दिन के बाद पादरी तिवारी। बात चल पड़ी मांसाहारी विरुद्ध शाकाहारी पर। पादरी तिवारी और मैं चलते-चलते :

—इस देश में गेहूँ चावल राई की इतनी कमी है फिर भी मेरी समझ में नहीं आता क्यों सब लोग यहाँ मांसाहारी नहीं हैं, पादरी तिवारी ने ऊँचे स्वर में अकाट्य स्तर पर अपने को महसूस कर मन्तव्य प्रकट किया और अनन्त की ओर देखने लगे।

—शायद उन्हें मांस खाना अच्छा नहीं लगता है, मैंने अपने भाई-बन्धुओं

का बचाव करते हुए सहज रूप में कहा सोचा राई क्यों गिनाई और उनकी ओर क्या-प्रभाव-पड़ा देखने के लिए देखा ।

—इसमें रुचि की क्या बात, आप तो अजीब भावुकता भरा तर्क दे रहे हैं, सिर और ऊँचा करके पादरी तिवारी बोले फिर जोड़ा, भगवान के लिए जानवरों में जान होती है और पेड़ों में नहीं वाला दक़ियानूसी अवैज्ञानिक तर्क मत दीजिएगा ।

—वैसे तो जान से जानवर बना, मैंने विनोद किया फिर कहा, पर यह तो है ही कि मांस खानेवाले भी कहीं न कहीं भावुक होते हैं और वैज्ञानिक तर्क की चरम सीमा को स्वीकार नहीं कर पाते, बहस में पड़ने का इरादा करते हुए कहा ।

—क्या मतलब, सतर्क हो पादरी तिवारी बोले और मेरा हाथ पकड़ कर कुशलतापूर्वक मुझे चौराहा पार करवा कम्पनी वाटिका में प्रवेश कर गए ।

—यही कि आप लोग मानवमांसभक्षी होने से अपने को रोक लेते हैं, अपना दाँव चल कर मैं फूलों के रंग देखने में मस्त हो गया ।

—क्या मतलब, टेक के रूप में सोचने का समय लेते हुए पादरी तिवारी ने कहा ।

—यूँ देखिए, आज गेहूँ चावल राई, पता नहीं राई का नाम आप ने क्यों लिया, कम हैं कल मुर्ग़ी अंडे बकरे सुअर हिरन भी कम हो जा सकते हैं ।

—हाँ, तो क्या हुआ ?

—तो यह हुआ कि ऐसी स्थिति में क्या आप अपनी माँ के शव को खाएँगे, सुना है मानवमांस बहुत स्वादिष्ट होता है ।

अब तक हम लोग बीच के गोले में आ गए थे । फूलों पर ललचाई नज़रें लगाए लोग फूलों को देखने की कोशिश कर रहे थे ।

—इससे यह तो नहीं निकलता, सिर खुजलाते हुए साधारण मनुष्य की तरह पादरी तिवारी बोले ।

—क्यों नहीं निकलता, वैज्ञानिक दृष्टि के अनुसार पेड़-पौधे कम हों तो जानवर खाओ और जानवर कम हों तो माँ को खाओ, मैंने घास पर बैठते हुए कहा ।

—आप अजीब बातें कर रहे हैं, कुछ परेशान हो बैठते हुए पादरी तिवारी बोले ।

—अच्छा यह बताइए कि आप मानवमांस क्यों नहीं खाते, कौन-सा वैज्ञानिक कारण आप को रोकता है ?

—यह, यह, मानवता के ख़िलाफ़ है अनैतिक है, असुन्दर है, कह कर अपना मुँह कस कर बन्द करते हुए पादरी तिवारी हरी घास पर लेट गए ।

—अब आप भावुकता भरा अवैज्ञानिक तर्क दे रहे हैं, अच्छा यह बताइए कि अगर आप के पास एक लकड़ी का कुन्दा है और एक सितार है और आप एक जंगल में ठिठुर रहे हैं तो जान बचाने के लिए पहले क्या जलाएँगे ? मैंने दूसरी ओर से बात शुरू करी ।

—अरे भाई, कुन्दा और क्या, सरल चेहरा बना पादरी तिवारी ने कहा उठते हुए ।

—क्यों ?

—क्योंकि सितार अधिक संयोजित है जटिल है संगीत का स्रोत है ।

—तब यह बताइए कि मुर्ग़ी और मूली में कौन अधिक संयोजित जटिल और स्वर का स्रोत है ?

—क्या मतलब ?

—और अगर कोई पहले सितार को जलाता है तो आप उसे क्या कहेंगे ?

—जंगली !

—बिल्कुल ठीक, मुर्ग़ी खाते हुए आप मुझे जंगली ही लगते हैं ।

—आपका मतलब...

—बिल्कुल साफ़ है, सौन्दर्य बोध और संवेदनशीलता की एक सीढ़ी है जिसमें पहले कुन्दा, फिर सितार, फिर मूली, फिर अण्डा, फिर मुर्ग़ी, फिर आदमी है । ज़िन्दा रहने के लिए संवेदनशील नीचे से शुरू करता है जंगली ऊपर से ।

पादरी तिवारी फिर हरी घास पर काला-लबादा लपेटे लेट गए और अपना सिर इधर-उधर डुलाने लगे जैसे बहुत कष्ट में हों । मैं भी दुःखी हो गया नाहक बहस को आरम्भ कर । सहसा पादरी तिवारी ने उठ कर मेरा हाथ थाम लिया और बोले :

—मैंने अभी देखा कि एक महामानव बहुत से आदमियों के झुंड को एक बड़े-बाड़े में पाल रहा है जैसे उन्हें बाद में भोजन के लिए काटने के लिए तैयार किया जा रहा हो । नहीं, आदमी उपयोगी जानवर नहीं है, यह मनुष्य जाति का भविष्य नहीं हो सकता । मुझे आज प्रार्थना के समय भगवान यीशु से आगे की राह पूछनी पड़ेगी ।

—मैं किससे पूछूँगा, मैंने कहा ।

टन् टन् टन् खन् खन् खन् । कौन आ गया अब । वेदव्रत जी ।

—कैसे ? दरवाज़ा थोड़ा खोल कर नाक बाहर निकाल कर मैंने पूछा ।

—चलिएगा नहीं, वेदव्रत जी ने पूछा ।

—कहाँ ? मैंने पूछा दरवाज़ा पूरा खोल कर ।

—अरे वहीं ।

—समझा नहीं, बाहर आकर मैंने कहा ।

—अरे क्या नाम है उस सड़क का, जवाहरलाल जी की पत्नी का क्या नाम था ?

—कमला !

—हाँ, वहीं पर ।

—वहाँ पर कहाँ ? वह तो कटरे से चौक तक बड़ी लम्बी सड़क है, मैंने कहा ।

—कटरे के पहले जो ढाल पड़ता है उसके पहले एक गोल चौराहा और उसके पहले एक ओर सिमेन्ट का बच्चे निगलता-उगलता हाथी और दूसरी ओर तमाम तोपें...

—यह कहाँ की बातें कर रहे हैं आप, तोपें और इलाहाबाद में, आप भी क्या-क्या देख लेते हैं इस शहर में...

—अरे, यों समझ लीजिए कि एक ओर बड़ा घना जंगल है और एक ओर बड़ी रंगीन वाटिका, एक ही सड़क पर दोनों यहीं हो सकते हैं, उसके ठीक पहले...

—बस अब रहने दीजिए, शहर के बीच घना जंगल हो ही नहीं सकता, मैंने आखिर अपनी बात पर टिकते हुए कहा ।

—मैं पूछता हूँ क्यों नहीं हो सकता ? वेदव्रत जी ने ज़ोर देकर कहा ।

—वैसे यह लिखा कहीं नहीं है पर जितने शहर मैंने अब तक देखें हैं, और उनकी गिनती कोई कम नहीं है...

—इलाहाबाद निराला शहर है, उसकी तुलना...

—तो यह कहिए निराला जंगल है जिसमें शहर के कुछ लक्षण...

—आप को चलना हो तो चलिए, नहीं तो...

—चलता हूँ भाई, चलता हूँ...

वेदव्रत जी और मैं दोनों अपनी-अपनी साइकिल पर चढ़ जिज्ञासु केन्द्र पहुँचे। मेज़ाधीश रामप्रिय जी के तत्त्वावधान में पूरा लश्कर डेरा डाले मौजूद था, यदुनाथ मंच की ओर सरक रहा था, और मनीष यदुनाथ को कनखियों से देखता हुआ किसी से वार्तालाप चला रहा था। कुछ देर हुई तो पता चला स्वास्थ्य मंत्री जी की प्रतीक्षा है। पूछा बहस का विषय क्या है तो पता चला—व्यायाम और योग का हिन्दी साहित्य पर प्रभाव। मंच से पहले कौन बोलेगा इस पर रामप्रिय जी और यदुनाथ में कुछ कहा सुनी हो गयी। पर मंत्री जी ने जब आकर यदुनाथ की पीठ पर हाथ रख दिया तो मामला तय हो गया। हार को स्वीकार करते हुए रामप्रिय जी ने अपना अद्वितीय वाक्य कहा :

—सरकार को दूसरे दरजे के लेखक ही प्रिय होते हैं।

रात को लौटा तो चैन कहाँ। इला इधर सामुद्रिक शास्त्र का अध्ययन कर रही है। मनुष्य के अंग-प्रत्यंगों से उसके भविष्य विचार तथा चरित्र ज्ञात करने वाली वैज्ञानिका बन रही है। यहाँ तक कि आजकल नहाते समय गुनगुनाती रहती है :

सौ में सूर सहस में काना
सवा लाख में ऐंचा-ताना
ऐंचा - ताना कहे पुकार
कंजे से रहना होशियार

इस प्रकार के अनेकों सत्यों को परखने के लिए उसने आज खाने पर इन लोगों को बुला रखा है : तिरछी आँख वाला पत्रकार यानी यदुनाथ, लम्बी नाक वाला कवि यानी मनीष, सीधी नाक वाला चित्रकार यानी पलोक कुमार मुखर्जी, टेढ़े-मेढ़े कान वाला उपन्यासकार यानी कांतिलाल श्रीमाली, लम्बे सिर वाला नाटककार यानी जवाहरलाल, और चौकोर सिर वाला निर्देशक यानी बल्लभ भाई पटेल। इला स्वयं छोटे सिर वाली है और मैं बड़ी और चौड़ी आँख वाला हूँ।

इतने प्रकार के विभिन्न चरित्र जब एकत्र हुए तो सामुद्रिक शास्त्र के अनुसार उन्हें अपना-अपना रंग दिखाने में झूठ बोल-बोल इला ने खूब चिढ़ा-चिढ़ा मदद करी और सब की गतिविधियों का आनन्द ले बहुत रात बीते चैन से सो गयी तब मैं जागा कि क्या जो मैं हूँ उससे कहीं कुछ और बनने की कोशिश तो नहीं कर रहा हूँ।

—आओ भई बैठो, मनीराम ने कहा।

—जी, मैं एक ओर तखत पर सिकुड़ कर बैठ गया।

—एक काम से बुलवाया था, अपनी धोती से खुली जाँघ ढँकते हुए मनीराम बोले।

—जी।

—बिना बुलाए तो आते नहीं, सुना है बड़े आदमी हो गए हो।

—जी मैं सोच रहा था पर इधर आना न हो सका, लेकिन...

—अरे भाई, मैं सब समझता हूँ, इस ज़माने में बिना काम के किसको कहाँ जाने की फ़ुरसत है।

—जी, मैंने खुश होकर कहा।

इतने में आ गए मदनमोहन श्रीवास्तव। ग़ज़ब के समझदार आदमी। दस रामचन्द्र शुकुल की बुराई करी और मिला लिया देखते-देखते मनीराम को अपनी ओर। स्कूल में भूगोल विभाग में एक नियुक्ति के लिए एक कायस्थ का साथ देने के लिए मनीराम को तैयार कर लिया और बदले में संस्कृत पढ़ाने के लिए अगले वर्ष यदि एक फ़ालतू अध्यापक रखने की आवश्यकता पड़ी तो मनीराम जो करना चाहेंगे कर सकेंगे और फिर मनीराम कोई ग़लत काम तो करेंगे नहीं। मदन-मोहन श्रीवास्तव ने चाय पी, पान खाया, मेरी ओर एक नज़र देखा और पूछा कौन हैं। मेरे सब सगे-संबंधियों के बारे में पूछा शायद किसी से उनका पूर्व परिचय निकल आए इस नाते वे मुझे अपना कह सकें भविष्य में मेरी हर प्रकार की सहायता करने का आश्वासन दे सकें और इसके लिए बीच-बीच में उनसे मिलते रहने के लिए मुझसे कह सकें। पर जब ऐसा न हो सका तो चश्मा तरेर कर मुझे देखा। विषय बदलने के लिए और मुझ पर प्रभाव डालने के लिए फिर

से वह किस्सा दुहराया जिसके अनुसार एक बार वे और शिक्षा मंत्री एक साथ एक रेलगाड़ी में एक ही डिब्बे में आमने-सामने अगल-बगल बैठे-बैठे बहुत दूर-दूर तक आए गए। इस सब में बहुत देर हो गयी।

—अब कैसी हो, मैंने पूछा।

—ठीक हूँ, लेटे-लेटे सरोज ने कहा।

—अभी दवा लेती रहना।

—क्या करूँगी जीकर, अपने साथ बिचारी कामिनी की भी मुसीबत बनी हूँ।

—मेरी मुसीबत क्या, मुझे तो अच्छा लगता है जितनी देर तुम्हारे पास रहती हूँ, वहाँ दारागंज में तो अकेले-अकेले मन ऊबता है, बीच में कामिनी बोली।

—अब तो मेरे पास काम कम है, बीच-बीच में आता रहूँगा।

—नहीं, नहीं, तुम क्या करोगे आकर, दवा है, कामिनी है, मुझे और क्या चाहिए। तुम्हारा हाल भी कभी-कभी मिल ही जाता है।

—सरोज मैं बिल्कुल आराम से हूँ। बस तुससे दूर रहने का दुख है, चाह कर भी उस सुनहरे पिंजड़े से नहीं निकल सकता...

—जब तुमने जो चाहा है किया है कौन रोक सका पर अब चाहते नहीं, कामिनी दबी ज़बान से बोली।

मैंने शरत्‌चन्द्र के स्त्री-पात्र की तरह कोई सफ़ाई नहीं दी, चुप रहा।

अविश्वास का युग है। जो जितना सब चीजों में अविश्वास करता है उतना ही बुद्धिमान माना जाता है।

एक शाम मन नहीं लगा तो सोचा दारागंज हो लूँ। पहुँचते-पहुँचते दिया

जलने का समय हो गया। रेल के पुल के नीचे से गुज़रते ही दारागंज सामने तस्वीर-सा टँगा दिखा। किस डोरी से आसमान से लटका है देखने के लिए नज़र ऊपर उठाई तो अपने कमरे की खिड़की पर जा उलझ गयी। बत्ती जल रही थी। वही नंगा लट्टू जल रहा था। इसके माने कामिनी अन्दर थी। ख़ुश हुआ। दो-दो सीढ़ी कर ऊपर चढ़ गया। दरवाज़ा बन्द था। अच्छा लगा कि ख़बरदारी से रहती है। बाहर वाली लटकी साँकल खटखटाई। हाथ से साँकल को छूता सहलाता रहा। वही अपनी पुरानी परिचित साँकल। अब दरवाज़ा खुलेगा और सहसा मुझे खड़ा देख कामिनी अपना बाँया हाथ अपने मुँह तक हाय राम कहती हुई लाएगी और मैं तुरन्त अन्दर प्रवेश कर समूची कामिनी को अंक में भर लूँगा, इत्यादि। कोई अन्दर चला, साफ़ आहट हुई, पर दरवाज़ा नहीं खुला। मैंने हड़बड़ा कर हाथ बढ़ा काले लोहे की पुरानी साँकल बजाई। इस बार आहट भी नहीं हुई। दरवाज़े की संध पर नाक रखकर एक आँख से अन्दर देखने की कोशिश की। जितना हिस्सा दीखा उतना परिचित पर ख़ाली था। मैंने अपना हाथ दरवाज़े पर पीटा। कामिनी नहीं आई। मैं शिथिल पड़ गया। कब तक खड़ा रह सकता था। नीचे उतर कर इधर-उधर झाँका। फिर दारागंज के अन्दर थोड़ा घुस गया यह दिखाता हुआ कि यहाँ तो यों ही रुक गया था। पर बाज़ार में मन नहीं लगा। अन्दर कामिनी चली गई थी। फिर! निराला की मूर्ति अँधेरे में देख कर वापिस लौट आया। इस बार नीचे से ही कामिनी, कामिनी, चिल्लाना शुरू किया। बग़ल के बार्जे से एक स्त्री ने नीचे झाँका जिसे पहले मैंने कभी नहीं देखा था। कहीं उसका भी तो यही नाम नहीं है? होगा तो मैं क्या करूँ। मैं फिर चिल्लाया :

—कामिनी ई ई ई !

एक गंदा कुत्ता आकर सीढ़ी के पास खड़ा हो गया। फिर आ गया साला।

—कामिनी !

—भौं भौं

—कामिनी ी ी ी

—भौं भौं ैं ैं ैं

बड़ी मुश्किल है। अब क्या करूँ। अगले जन्म में डाकिया बन गया तो डर के मारे नौकरी छोड़नी पड़ेगी। दोनों हाथ जेबों में डालकर बेपरवाही का मुखौटा लगाकर सीढ़ियों की ओर बढ़ा। पर वह नहीं हटा। मैं फिर वापिस लौट आया, गर्दन ऊपर कर, कस कर आवाज़ दी :

—कामिनी !

इस बार कामिनी ने ऊपर से झाँका। मुझे देखकर बायाँ हाथ मुँह तक ले गयी और बोली :

—तुम !

मैं खीस निपोर कर और हाथ मसोस कर रह गया। फिर बोली :

—ऊपर आ क्यों नहीं जाते।

और खड़ा किस लिए हुआ हूँ मन में कहा पर ऊपर से मैंने इशारे से कुत्ते को दिखलाने की कोशिश करी। पहले वह समझी नहीं। फिर और आगे झुक कर देखा तो कुत्ते को देख कर हँसते-हँसते इकहरी हो गयी। वहीं से फिर झुक कर आवाज़ मीठी कर बोली :

—मोती, मोती, हट जा सामने से।

स्वामिनीभक्त मोती दुम हिला कर एक ओर हो गया और मुझे ऊपर से नीचे तक देखने लगा। मैं अपना सा मुँह लेकर ऊपर गया तो कामिनी कमर पर हाथ रखे हँसती खड़ी थी। उसी ने मुझसे होठ से नीचे तक चिपकने की कोशिश करी। किसी तरह से अलग कर बैठा तो पूछा :

—जब मैंने साँकल खटखटाई तो कहाँ थीं महारानी जी ?

नीचे मोती खड़ा था। एक टूटे घड़े का टुकड़ा उठा कर मैंने नीचे फेंका। साफ़ झूठ बोल गयी पट्ठी छोटे सिरवाली :

—मैं तो यहीं थी, ज़रा देर के लिए पीछे गंगा मौसी के गयी थी तब कुछ आवाज़ तो आई थी पर मुझे क्या पता कि तुम थे। मैं सुन कर चुप रहा। छ-ट्-ट्। पूरा झूठ बोली होती जैसी कि उसकी आदत है सिर-रचनानुकूल तो मैं पूरा सत्य जान लेता पर अर्ध झूठ का क्या करता पी गया। एक टुकड़ा और नीचे फेंका। बेर-बेर पूछती रही :

—अब लिख क्यों नहीं रहे हो ?

मतलब कामिनी से बिछुड़ा क्या लिखेगा ऊपर से इला के पिंजड़े में। ऐसे में क्या लिखूँ ? छ-ट्-ट्। आहत की गति आहत जाने।

नीचे आया तो फिर विचार खटका जब साँकल खटखटाई थी तब अन्दर से आहट आई थी फिर क्यों नहीं तुरन्त अन्दर की साँकल खोली ऊपर से झूठ बोली। कैसी विकट पहेली ?

किस पर विश्वास करूँ ? चारों ओर मनीष के कुत्तों से घिरा मैं मन ही मन चुपचाप मरूँ ? कामिनी सरोज इला मनीष सब बदल गए एक मैं ही नहीं बदला या फिर मैं ही बदला ! कौन बताए ? शापित-सा मैं यह जीवन का कंकाल लिए अँधेरे में भटकता हूँ विशाल खोखलेपन में कुछ खोजता, कुछ झींकता। टूटते

सम्बन्धों के जाले को मकड़ी-सा खुद ही खाता जाता हूँ खिन्न थका-सा। यह नगर मुझे कितना प्रिय था! कहाँ जाऊँ? कहाँ रह सकूँगा? लगता है सारा शहर अजनबी-सा। कैसी है यह परीक्षा की घड़ी? कौन बताए?

नत निस्तब्ध रात स्मरण कराती विगत बात।

अमरबेल की तरह इला का धन और उसके योजनानुसार ऊलूलजलूल व्यय से जनित कीर्ति फैलती चली गयी। वह जितने ग़लत काम करती या करवाती वह लोगों को उसके स्थानानुकूल लगते। जब अन्य धनी अज्ञात विधवाएँ धर्म-शालाएँ खुलवातीं यज्ञ करवातीं और अपने को अलग लगाते ब्राह्मण जिमवातीं इला लड़कियों के स्कूल खुलवाती साहित्य का प्रकाशन करवाती और अपने को बड़ा लगवाते लेखकों को बुलवाखिलवापिलवा मनमाना बुलवातीलिखवातीछपवाती धीरे-धीरे ऐसी आदत डलवा दी कि नगर के लेखकगण अधिक से अधिक सप्ताह में कम से कम एक ऐसा अवसर खाने पीने का न पाते तो उन्हें अपना जीवन और लेखन वृथा लगने लगता। मैं अकेले में इस अद्‌भुत प्रपंच को इला का चाया-वाद कहा करता था। एक दिन जब इला को लगने लगा कि मैं उसके इस प्रपंच को नाम दे कर समाप्त कर दूँगा शब्द में इतनी शक्ति होती है तब उसने अपनी सारी मेरे प्रति की गयी भलाइयों दी गयी सहानुभूतियों तथा यहाँ स्थानाभाव के कारण लिखी न जा सकने वाली बातों के बदले में भिक्षा माँग ली मेरे बनाए इस कर्णपरम्परागोचर कर्मभेदी शब्द की। मेरी यह एक उदारता महाभारतीय हिन्दी साहित्य के इतिहास में काले अक्षरों में लिखी जानी चाहिए।

इला की चायावादी रचनाओं को पसन्द करनेवाले लेखकों में कीर्तिमान अधिक थे बुद्धिमान कम। बल्कि धीरे-धीरे यह दो वर्ग बन गए। कीर्तिमान इला को अतः संस्थान को अधिक प्रिय लगने लग गए। ये संग साथ फले-फूले। इला के आयोजनों में यदुनाथ आगे-आगे बटोरे विचारों के फव्वारे छोड़ने में सिद्ध-मुँह हो गया यहाँ तक कि बिना एक पुस्तक लिखे हुए भी वह कीर्तिमान लेखकों की प्रथम पंक्ति में उठने-बैठने लगा। शनैः शनैः उसने माया को भी प्रसिद्धि दिलवा दी। दारोगा यदुनाथ और ऐयारा माया की टोली कू ऊ ऊ ऊ से उठ छल कविता आल ताल मेरी मूँछें लाल हुर तू तू तू तू छल छल मैं मैं मैं तक पहुँच गयीं।

धीरे-धीरे मैं लोगों की कलम में खटकने लगा। मेरी हर रचना के छपते ही सब की कलमें सिल जातीं और होठों की स्याही चुक जाती। पता नहीं क्यों ?

नीचे कवि ऊपर आलोचक
एक तरल एक चट्टान
एक अक्ल की ही प्रधानता
कहो उसे जड़ या शैतान
दूर दूर तक साहित्य पड़ा था
स्तब्ध उसी के हृदय समान

जब सभी लेखटिकों ने अपने अपने कमुर्गेलम की निगर्दनब तोमरोड़ दी कि सुबह न हो तब कुछ अनजान लेखक जो नए को ढूँढ़ते फिर रहे थे आगे बढ़े और मेरी कलम को अपनी कलम से थपथपाया। पर कीर्तिमानों ने कहा इससे क्या, रचनाकार का धर्म जाने बूझे सत्य को स्थापित करना है उसके पीछे पड़ना नहीं क्यों कि सत्य नया नहीं होता अपने यहाँ। कुछ ने कहा नाबालिग़ है नाक़ाबिल है नाहक इतराता घूमता है नहीं तो कोई दो कौड़ी को न पूछे।

—मैंने कब कहा पूछो ?

—क्यों छपवाई कविता ?

—मन !

—मन नहीं आ बैल मुझे मार !

—तो आ मार !

—नहीं मारते !

—मत मार !

—मत छपवा इला का टट्टू निखट्टू ठीक ही कहा गया है कि एक शरीर से ताली नहीं बजती, बिचारा !

अब इसका क्या जवाब। म्लेच्छ है उन्हीं की नक़ल करता है क्या जाने हमारी भाषा के रीति-रिवाज़ और सब पीछे पीछे मूँछों पर ताव दै दै अपनी अपनी कविताओं के विदेशी भाषाओं में अनुवाद हाथ जोड़ जोड़ दोस्ती पाल पाल करवाते रहै। जब हार कर मैंने एक ऐसी ठेठ कविता लिखी जिसका अनुवाद हो पाना नामुमकिन था तो सब को चैन पड़ा चलो साला निरा देसी लेखक हो कर रह जाएगा और अपने अपने अनुवाद, बजा बजा वे सब ढोल पीट पीट नृत्य करने लगे। मेरी जान छुटी जाना कि अपनी भाषा की कृपा से कवि बचा बना रह पाना मुमकिन है। पर ऐसे में मनीष के धीरज के वचन भी नहीं अच्छे लगते थे।

सदा रहे मन चाक चढ़ा सो कछु न सुहाय दुःख किससे कहूँ ज्यों विरह की वेदना अपने ही तन सहूँ। कह कह कौन कहकहे लगवाए।

पर मैं लिखता रहा इसलिए ज़िन्दा रहा।

ऐसी धरती की छाती पर मेरा एक नाटक 'चार कुत्ते' खेला गया।

किसी ने कान नहीं हिलाए।

धीरे धीरे मेरी सफ़लता का घड़ा भर चला। इतना भर गया कि दूर दूर तक लोगों को भरती धार से निकला अनुनाद सुनाई देने लगा। एक ही बात रह रह मन में शूल की तरह चुभती कि कामिनी का अधिकार समर्पण दे न सका मैं प्रतिपल सफलता मिली पर कब वहाँ रुका मैं। इधर इला नियम-परतंत्र चाहती मुझे बनाना उधर काफ़ीघर की आत्मज़ा मेज़ जिसपर बैठ कितना तुष्ट हुआ था पाप की परिभाषा बन शाप उठी। भरी मेज़ पर रामप्रिय का हुआ रुद्र हुँकार भयानक हलचल मची लगा मेज़ आज कुछ और सोचती अब तक जो अविरुद्ध रही। कोलाहल में घिर कुछ सोच विचार भर मैं एक दिन बोला इला से :

—यह प्रकाशन गृह तुम्हारा तुम हो रानी, मुझको अपना अस्त्र बना क्यों करतीं मनमानी ?

अविचल खड़ी इला बोली :

—परतन्त्र बनी-सी रागपूर्ण पर द्वेष-पंक में सतत सनी-सी नियत मार्ग पर पद-पद ठोकर खाती मैं अपने लक्ष्य समीप हूँ चलती जाती यही जीवन उपयोग इसी में अपना श्रेय यही सुख की आराधना फिर तुम क्यों उत्तेजित हो अपना प्राप्य न पाते ? साहित्य-संग संघर्ष सिखाया मैंने तुमको केन्द्र बनाकर अनहित किया न मैंने।

कैसे इला को समझाता कि उसकी प्रेरणा ने मुझे कहाँ से कहाँ ले जा पटका।

ओ युपित! तेरा अब निस्तार कहाँ है ?

इला से किसी ने नहीं पूछा वह क्या चाहती है। बस लोग मुझे लगे पापी लोभी कृत्रिम दंभी अत्याचारी कहने। चैन जाता है तो छप्पड़ फाड़कर जाता है। एक लेख में मैंने मनीष की कविता के बारे में कुछ ऐसा कह दिया जो उसके हित में था पर उसे प्रिय न लगा। बस वह भी जा मिला यदुनाथ से और यदुनाथ ने उसे ले जाकर रामप्रिय जी से मिलाकर एक सम्मिलित मोर्चा बना लिया और आरम्भ कर दिया मुझ पर आक्रमण। उठा तुमुलनाद बढ़ा विपक्ष-समूह ललकार :

—बस अब मत इसको जाने देना।

मनीष और मनीष के कुत्तों ने घेर लिया मुझको समझकर जिनको अपना था मैंने अपनाया।

घबड़ाकर पीछे हट, टिक कर मैंने सजग हो कहा :

—ऐसा ही है तो फिर आओ देखो कैसे होती है बलि।

बात बढ़ती देख इला बोली :

—बस रोको रण !

इला के बने हितैषी सप्तमहामेज़ी बोले :

—क्षमा कर देंगे अगर वापिस ले लो मनीष की कविता पर लिखे शब्द ये।

क्रोध में आ अपना भला-बुरा त्याग बोला मैं :

—एक बार का लिखा मिटा सकता नहीं मैं, कायर बन जग में अपना उपहास करा सकता नहीं मैं।

बात बिगड़ती देख इला फिर बोली :

—ओ गर्वीले लेखक तू क्यों जीवन खोता है। लिखने दे सबको तू भी सुख से लिख ले।

किन्तु सुन रहा कौन ! बजी दुन्दुभी। हुई तैयारी लोमहर्षक युद्ध की।

प्रथम रामप्रिय ने आगे मुँह कर व्यवहार नाम का शंख फूँका जिससे मेज़ के चारों कानों में सिहरन फैल गयी। तत्पश्चात् कृतवर्मा ने समसामयिक नाम के शंख को बजाया जिसकी गूँज बड़े-बड़े कलमवीरों का दिल दहला देने वाली थी। अवसर देख यदुनाथ ने संस्थान नाम का शंख ध्वनित किया जिसे सुन मुझे लगने लगा मैं कोई नहीं हूँ। तब विवेक कुमार ने शक्तिपूजा नाम का शंख बजा मेरे भविष्य को मलीन कर दिया। तदनन्तर कलमाचार्य ने इतिहास नाम का शंख फूँककर मुझे ऊपर से नीचे तक मूल्यहीन कर दिया। मनीष की बारी आयी तो उसने मैं नाम का शंख भीषण नाद से बजाया जिससे जो जहाँ था वह वहीं रह गया और साहस जाता रहा। और अन्त में उत्तमौजा ने आकाशवाणी नामक शंख को फूँक कर सबको अपने वश में कर लिया।

मेज़ पर डटे हुए युद्ध के अभिलाषी इस स्वजन समुदाय को देखकर मेरे अंग शिथिल हो गए, मुख सूख गया, तथा शरीर में कम्प एवं रोमांच हो आया। हाथ से प्याला गिरने लगा और त्वचा जलने लगी। मेरा मन हर प्रकार से भ्रमित होने लगा। सब लक्षण विपरीत दीखने लगे। तर्क युद्ध में स्वजन समुदाय को हराकर भी कल्याण नहीं दीखा। लगा, न तो मैं विजय चाहता हूँ न कीर्ति न धन। जिनके लिए यह सब अभीष्ट हैं वे ही युद्ध के लिए तत्पर है मैं नहीं। मुझे कमज़ोर पड़ता देख इला ने समझाया। जब इन लोगों ने रण की ठान ही ली है

तब पीछे हटना कवि को शोभा नहीं देता। जो कविता का मारने वाला अपने को समझता है तथा जो इसको मरा मानता है, वे दोनों ही नहीं जानते। यह कविता अजन्मा नित्य सनातन और पुरातन है। कवि के मारे जाने पर भी यह नहीं मरती। इस कविता को आलोचना नहीं काट सकती, समीक्षा नहीं जला सकती, उदासीनता नहीं गला सकती और विरोध नहीं सुखा सकता। कविता अवध्य है।

सब मनीष के कुत्ते मिल मुझ पर आक्रमण करने लगे और मुझे बुरी तरह आहत कर बाहर फेंक दिया। साइकिल से टिक कर मैंने श्वास लिया। चिन्ता ने भी चिन्ताभर मुझे देखा। साइकिलरथ का पहिया निकाले मैं पड़ा था हारा। कहाँ गए सप्तमहाकुत्ते ! कहाँ गए !! कहाँ···

ढूँढ़ती-ढाँढ़ती तभी आ पहुँची मुझे जिलाने वहाँ साइकिलवान सती कामिनी।

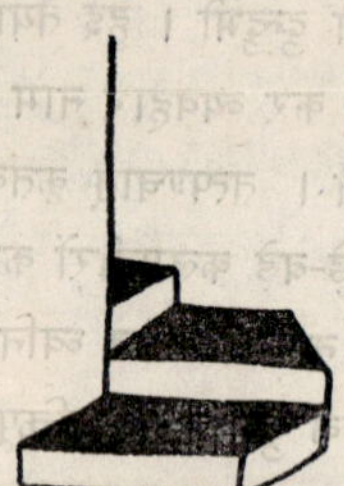

यदि मैं मर जाऊँ तो मेरे बारे में लोग क्या कहेंगे

सुलक्षणा : 'चार कुत्ते' में अभिनय करने के पहले मैंने देव का नाम सुना तक न था। जब मिली तो लगा वह मुझ पर हावी हो रहा है। पहली बात यह कि वह बहुत ख़ूबसूरत है। बड़ी नाक बड़ी आँखें गोल चेहरा। आँखें देखो तो उन्हीं में समा जाओ निकलने का मन न हो। ऊपर से समझदार सूक्ष्म विनम्र कुशल। जब रिहर्सल के लिए आया चेहरा मेरे पास सहज रूप से ला बोला :

—तुम्हारी भूमिका में मैं मदद करूँ तो क्या तुम्हें उलझन महसूस होगी ?

ऐसी समझ के लेखक कहाँ होते हैं ? अकादमी के भवन में सत्यपाल, देव और मैं महीनों नाटक पर लगे रहे। देव को हम दोनों पर पूरा भरोसा था। देव अपनी भीषण उपस्थिति और वैसी ही चुप्पी से बराबर छाया रहता। कभी किसी वाक्य को बोलने में मुझे कठिनाई होती तो हत्थेवाली कुर्सी छोड़कर पास आता और कहता :

—यदि इसमें तुम्हें परेशानी होती है तो इसे निकाले देता हूँ।

उस समय मन होता उसे चूम लूँ कहूँ नहीं देव मुझे कोई कठिनाई नहीं होती। अभिनेत्री के रूप में देव के नाटक ने मेरे अभिनय में चार चाँद लगा दिये और स्त्री के रूप में मैं और अधिक स्त्री हो गयी। पर यह सब मैंने आसानी से नहीं पाया क्योंकि बराबर न वह बोला न विश्वास में लिया न कभी चौंका। केवल अपने को उसने लेखनी में खोला और कभी अपने नाटक का मंचन देखने भीड़ में नहीं आया। कौन जानता है देव को ? शायद कामिनी ? इला ? मैं ? मैं इतना ही जानती हूँ कि वह देखने में कैसा है। मेरे पास उसका चित्र भी नहीं है। उसने अपना चित्र कभी खिंचने ही नहीं दिया। पर वह सच्चा है दोस्त है। पीछे-पीछे मेरी मदद कर चुका है। मुझे लगता है वह ऐसा आदमी बनने में सदा लगा रहा जो देख सके समझ सके। औरतों के बारे में देव क्या सोचता है मैं नहीं जानती पर यह कह सकती हूँ कि वह उन्हें भीतर से गहरे ढंग से समझता है। इसीलिए लेखनी में इतना सुबोध है। उससे दूर रह पाना मुश्किल है। अब न रह कर उसने इसे भी आसान कर दिया। यही उसकी प्रकृति थी यही उसका सौन्दर्य था।

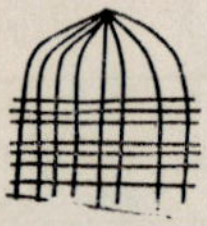

यदुनाथ : हिन्दी का कोई लेखक देखने में इतना कम हिन्दी के लेखक सा नहीं लगता। संयमी संकोची मितभाषी मितलेखी मिताहारी ख़ूबसूरत विनयशील समयपाबन्द नख़राहीन लेखक। साथ ही सबसे अधिक संवेदनशील चौकन्ना और पापशंकालु होते हुए भी सीधा दूसरों के लिए तारीफ़भरा और उदार। मेरा प्यारा यार माया की आँखों का तारा।

कामिनी : देव देव देव देव देव देव देव देव दे···व दे···व······

मनीष : देव की कविता में विचारों की आँधी उतर कर शान्त हो गयी है। न समय न चेहरे न मोहरे, केवल गति, दर्द भरी गति जो चुप कर दे, दुख भरी सफलता जो अपने को भुला दे, और संज्ञाओं को जोड़ने-जड़ने की बेजोड़ कुशलता जो अनर्थ में से अर्थ जगा दे। खोखली दुनिया में ठोस शब्द जाने शब्दों से अनजानी राहें। राही नहीं रहा। अनधिकृत कवि !

इला : चुपचाप रह दुःख सहने की असीम क्षमता रखनेवाला शरत्चन्द्र के नारी-पात्र सा विश्वास भरा भटका कवि। उदारता का छलछलाता सागर जो किसी की बाँहों में समा न सका। सब छोटे पड़ गए—भाषा, नारी, मित्र, पाठक, आलोचक, हम, तुम, सब।

मनीष का कुत्ता : इसने मुझे एक बार बिना मेरे किसी कुसूर के मारा।

रामप्रिय : देव का जन्म १९३५ में हुआ। वह व्यवहार कुशल था। उसने बीस वर्ष में सौ से ऊपर कविताएँ लिखीं।

मैं इन सब को यह सब कहने का अवसर नहीं दूँगा। न मैं शहर छोड़ूँगा न संसार। बस बचा रहूँगा जिससे मेरे बारे में ग़लत बातें न उड़ाई जा सकें। किसी का हाथ नहीं पकड़ूँगा, किसी का मुँह नहीं रोकूँगा, पर सामने रहूँगा चुपचाप डटा। कोई मेरा क्या कर लेगा, अब और क्या बचा है मेरे पास खोने को। क़लम कमीज़ शरीर शब्द हावभाव चाव नाज़ सब अर्पित करके ही अलग आ बैठा हूँ फिर जाऊँ भी क्यों। सड़क हवा पेड़ और ये दो टूटे पहिये घूमता हुआ कुत्ता कविता नाटक कामिनी इला सरोज मनीष शहर संसार चलता हुआ अपनी जगह पर पहुँचता कहीं नहीं कोई एक जिसके तख़्तनाऊस पर झउओं बाल कटे पर जो स्वयं बुलाकी नहीं बन पाया चाहते हुए भी। अगले जनम में सही। निश्चित भूत से अनिश्चित भविष्य की ओर !

एक उदास आदमी के साथ एक शहर का बर्ताव

एक दिन मैं बहुत उदास हो गया। क्या करूँ ? सोचा कहीं चल कर बैठूँ। आलस्य उदासी का ही एक भाग है या अभिव्यक्ति है। दाढ़ी नहीं बनाई, नये कपड़े नहीं निकाले, जूते की जगह चप्पल से काम लिया। कमरे में ताला भी बन्द नहीं किया, महज़ दरवाज़े उढ़का दिये। लगा अब किसी अनहोनी का भय नहीं है, मोह से ऊपर उठ रहा हूँ, उदार हो रहा हूँ। ठोढ़ी उठाकर सीढ़ियों से उतरा और सड़क पर आकर खड़ा हो गया। किधर चलूँ ? दाएँ या बाएँ ! कुछ भी तय करना परिस्थिति के अनुकूल नहीं लगा। इसलिए सड़क पार कर ली। फिर एक गली में हो लिया। पढ़ी हुई बातों में से वहाँ कुछ भी घटित नहीं हो रहा था। न कोई खिड़कियों से झाँक रहा था, न कोई गा रहा था, बच्चे चुप थे, दीवारें उतनी ही सीधी खड़ी थीं जितनी खुली सड़कों पर की। हाँ, हर चीज़ पास बहुत थी, इतनी पास कि लगता था अत्यधिक परिचित है, और हमेशा यूँ ही रहेगी। बैठने के लिए भी कहीं कोई जगह नहीं थी। गली से बाहर निकला तो लम्बी साँस ली। एक पल के लिए लगा बरसात में सिर पर मँडराते भुनगों की तरह उदासी मेरे जल्दी चलने के कारण कहीं पीछे छूट गयी है। पर फिर वह धीरे-धीरे एकत्रित हो गयी। एक गली इससे अधिक कर भी क्या सकती थी।

उदासी दूर करने की एक तरकीब है—अपना वातावरण बदल देने की। शहर में रहने वाले इसका अनुवाद करते हैं तो कहते हैं इमारतें छोड़कर पेड़ों के पास चलो। पेड़ सुविधा के लिए वाटिकाओं में मिलते हैं। पहले पहल जब यह ख़याल आया तो अटका। इसमें कुछ नुसखे की, नारे की, आहट आ रही थी। पर मैं किसी पूर्वधारणा को अवसर पर आरोपित नहीं करना चाह रहा था। हर विचार को अलग रख निरपेक्ष भाव से तौलकर उसे आजमाना चाह रहा था। जो स्पष्टतः ग़लत है उसे सही होने का मौक़ा देना उदारता को व्यापक करता हुआ मालूम पड़ा। मैं कम्पनी-वाटिका की ओर चल दिया।

वाटिका में लगे पेड़ बड़े अजीब लगे—कुछ हास्यास्पद। या तो इतने सारे पेड़ एक साथ हों ही ना। यदि हों तो वहाँ ज़्यादा आदमी न हों जिससे अगर कोई चाहे तो कम-से-कम कल्पना शक्ति को तूल देकर ही इतना डर अपने में पैदा कर सके कि उसे लगने लगे अभी पेड़ के पीछे से शेर निकलेगा, कहीं से,

भालू हमला करेगा या कि गैंडे के आने का समय हो रहा है। मेरी कल्पना शक्ति काफ़ी अच्छी मानी जाती है। हाल ही में मेरी एक भूतों की कहानी भी छपी है। पर बहुत कोशिश करने पर भी मैं एक लोमड़ी तक की आहट न महसूस कर सका। अपने इस प्रयास में मुझे कुछ और ही दीखा। पेड़ों के पीछे से औरतें झाँक रही थीं। बैन्चों पर बैठे लोग बेसुरे स्वरों में गा रहे थे। बच्चे चारों ओर रो रहे थे। एक भी क्यारी सीधी नहीं बनी थी। मुझे लगा वाटिका में गली मेरा पीछा कर रही है। जैसे गली यहाँ तक घुस आई है। शहर में हर तरह की भीड़ के मारे चीज़ें एक दूसरे से गुँथी रहती हैं। वाटिका गली उदासी मैं सब जैसे एक दूसरे में प्रवेश किये हुए हैं। अजीब उलझन महसूस हुई। यह भी कोई बैठने की जगह है। और उदास व्यक्ति के लिए तो कभी भी नहीं। यहाँ पर अपनी उदासी को अलग रख कर तटस्थ भाव से देख सकना नामुमकिन है।

बात ग़लत कहाँ हो गयी। मैं पढ़ा-लिखा सभ्य आदमी हूँ। मुझे कारण-फल के नियम में, सुलझे तर्क में, विश्वास है। एक से दूसरी बात निकलती है। अगर ऐसा नहीं मिलता तो कहाँ भूल हो रही है जानने की कोशिश करता हूँ। मैंने सोच-समझ कर वातावरण बदला था पर फल कुछ और निकला। लगा जैसे मेरा मेरी सभ्यता का कहीं अपमान हुआ है। अपमान में आदमी कुछ हठी हो जाता है। मैंने फिर वातावरण बदलने का प्रभाव देखने की ठानी। वाटिका से निकल कर सिविल लाइंस में बाज़ार में आ गया। यहाँ सब बदला हुआ था। चारों तरफ़ खम्भे थे। सब लोग सामने देखते हुए चल रहे थे। बच्चे हँस रहे थे। लगा मैं ठीक हूँ, मेरी सभ्यता व्यवस्थित है, मेरी उदासी सार्थक है। अभी तक मैं ग़लत जगहों में भटक रहा था। आदमी को निर्भीक होकर, पुराने बंधनों को तोड़ कर और घिसे पिटे स्थानों से हट कर, वहाँ खोज करनी चाहिए जहाँ मनुष्य ने चीज़ों को नये ढंग से, क़रीने से, समय की माँग के अनुसार सजाया है। अगर वहाँ पर भी जो वह ढूँढ़ रहा है उसे न मिले तब शिकायत की, सभ्यता पर अविश्वास की बात उठती है। कहाँ मैं ग़लती कर रहा था जान कर एक बार अपने ऊपर हँसी भी आई, पर मैंने तुरन्त रोक ली .क्योंकि वह मुझे मेरे ध्येय से परे ले जाती। मुझे तो शहर के सब से अच्छे बाज़ार में आने से एक उदास व्यक्ति के मन में पैदा हुए सारे अनुभवों को बटोरना, फिर उन्हें परख कर एक व्यवस्था में रखना और इस प्रकार एक रचनात्मक कार्य कर के अपनी उदासी से मुक्ति पाना था। अब मेरा दिमाग़ ठीक चल रहा है, एक कसी हुई मशीन-सा। लग रहा है सब ठीक है। मैंने आँखें बन्द कर करके देखा हिमालय उत्तर में है, इटली भू-मध्य सागर में सोए बच्चे की टाँग-सा निकला है। अटला-

न्टिक में ऊँची-ऊँची लहरें उठ रही हैं, न्यूयार्क में लिफ़्ट ऊपर नीचे आ जा रहे हैं, प्रशान्त महासागर में जहाज़ पर खड़े लोग सेव खा रहे हैं, टोकियो में बेहद भीड़ है। निश्चय ही टोकियो को छोड़ कर बाक़ी सब के बारे में काफ़ी साफ़ तस्वीर बन रही है हालाँकि आदर्श स्थिति तो तभी होती जब टोकियो में कामिनी और मैं......क्रींच...च...च......छक...का...धुप......धा...धा... भड़ूम्!!! यह क्या हो गया? सामने एक विशालकाय ट्रक आकर खड़ा हो गया जिसमें से मेरे सिर के ठीक ऊपर चालक की गद्दी पर बैठे एक सरदार जी झाँक रहे थे और कुछ बड़बड़ा रहे थे, पीछे से कुछ दहाड़ें आ रही थीं और इन सब से चारों ओर से घिरा होते हुए भी मैं चौराहे के पास लगे लाउड्स्पीकर से आती हुई गाने की आवाज़ बीच-बीच में सुन ले रहा था। हर चीज़ बेशर्म हो कर मेरे बेहद नज़दीक खिसक आई थी। इतनी नज़दीक कि लगता था मुझे ढालने के लिए फिर से साँचा तैयार किया गया है।

यहाँ से मेरी याद बहुत कमज़ोर हो जाती है। अब जो कुछ भी कहूँगा उसमें कुछ तथ्य होगा और कुछ सिलसिले के लिये जोड़ी हुई बातें। पर इतना विश्वास दिला सकता हूँ कि सत्य इससे बहुत पृथक् नहीं होगा—या नहीं होना चाहिए।

मुझे इतना ही याद पड़ता है कि दो ढकी और दो खुली बाँहें मेरे इर्द गिर्द मँडराई, फिर मुझे ऊपर खींच कर वहाँ से बाहर निकाल लिया गया। किसी ने कहा:

—साला कितना भारी है।

उसके स्वर में शिकायत थी मानो किसी चीज़ को बनाने में माल ज़्यादा लग गया हो ठेकेदार का। उसके बाद शायद मुझे किसी गाड़ी में लिटा दिया, फिर मुझे बिल्कुल भी होश न रहा। जब कुछ संज्ञा लौटी तो लगा मैं एक चलती गाड़ी के फ़र्श पर लेटा हुआ हूँ। बदन में मीठा दर्द हो रहा है और मन बहुत उदास है। याद करने पर लगता है मैंने पास बैठे ऊँघते हुए मूँछों वाले आदमी से बातें करने की, अपनी स्थिति समझाने की, असफल कोशिश की। वार्तालाप कुछ इस प्रकार चला:

—युवक, सुनो, उदासी काया का एक आवश्यक अंग है। मृत्यु और जीवन में, सुख और दुख में, विरोध है। ज्ञान आधा नहीं होता वह पूर्ण होता है।

—साला, चार-सौ-बीस मालूम होता है।

—कमरे से निकलते समय मेरी कोहनी दरवाज़े से छू गयी। मैं उस स्थल को देखते-देखते उदास हो गया। उस भावना के विरोध में उद्विग्न भी हुआ, उत्तेजित भी। मेरी आन्तरिक वेदना मेरे अस्तित्व का अंग है। अपने सहज-बोध से उसका परिचय पाकर तुम अधीर मत होना।

—इस नरगिस के दीवाने कूँ आज ही मरना था।

मुझे लगा कि मेरी और उसकी भाषा में इतना अन्तर है कि विचारों का कोई भी आदान-प्रदान नामुमकिन है। आहत होकर मैं चुप हो गया। लेटे ही लेटे स्थिति का विश्लेषण करने लगा। अपने में, शहर में, देश में, अपनी संस्कृति में, सभ्यता में, विश्व में, कहाँ क्या कमी है जो मुझे हर बार धोखा होता है, निराश होना पड़ता है, असफलता ही हाथ लगती है। निश्चय ही मेरे आस-पास ही कुछ ग़लत है वरना संसार के अन्य महान लेखक भी आज मेरी ही तरह अपनी बात कहने में असफल होते और इतने मशहूर न होते। मेरी संस्कृति किसी भी आलोचना से परे है। सभी ने उसका गुणगान किया है। उस पर संदेह करना समय नष्ट करना होगा। और समय मेरे पास बहुत कम है। यह क्या हुआ गाड़ी रुक गयी। हाँ, अब मुझे उतारा जा रहा है। काफ़ी अन्धेरा है चारों ओर। मेरी आँखें अभी कुछ भी देखने में असमर्थ हैं। सुनाई अवश्य पड़ रहा है। गाड़ी चालक और मूँछ वाला व्यक्ति आपस में बातें कर रहे हैं। लगता है है किसी निष्कर्ष पर पहुँच गये हैं। शायद उन लोगों ने मुझे यहीं पर छोड़ कर चले जाने का तय कर लिया है। वह लोग गाड़ी में बैठ गये हैं। मत जाओ। गाड़ी चलाने में कुछ मुश्किल हुई, फिर वह लोग चले गए। अब चारों ओर अकेली शांति छायी है। मत जाओ। कुछ सिहरन महसूस हुई—बड़ी ठंडी हवा है। कुछ सुनाई दिया—जैसे पानी बहने की कल-कल ध्वनि हो। हाँ ठीक है, मैं नदी किनारे हूँ। पता नहीं गंगा के किनारे इन लोगों ने मुझे छोड़ा है या जमुना किनारे। दो-दो नदियाँ बहती हैं इस शहर के पास। सहसा एक विचार बिजली की तरह कौंध गया मेरे मस्तिष्क में। सारी समस्या पल भर में हल हो गयी। मेरी उदासी मेरी असफलता का कारण इतना सरल होगा मैंने कभी सोचा भी न था। बात बहुत सीधी सी है—एक शहर और एक नदी की। शहर का नदी के साथ व्यवहार। संसार भर में जहाँ मौक़ा मिला लोगों ने शहर नदी के दोनों ओर बसाया हमारे यहाँ हमेशा नदी के एक किनारे। इतने

ज़रा से अन्तर से अनुभवों में, साहित्य में, भाषा की पहुँच में, इतना बड़ा अन्तर आ गया। जब नदी शहर के बीच से होकर बहती है तब शहर की गति के बीच में ही नदी के किनारे प्रेम से लेकर हत्या तक का बन्दोबस्त हो जाता है, दोनों स्थितियों की भाषाओं में एकता आ जाती है। सब से बड़ी बात है कि उदास होने पर इधर-उधर मारे-मारे घूमने के बजाय आदमी दो क़दम चल कर पुल पार की चमचमाहट में जा सकता है। पुलों के नीचे और ऊपर ज़िन्दगी और स्वप्न इतनी तीव्रता एकाग्रता और दक्षता के साथ ढलने लगते हैं कि मनुष्य अपने सम्पूर्ण व्यक्ति के साथ उसमें भाग ले सकता है। और एक हम हैं कि लम्बा मुँह लिए शहर को नदी के एक किनारे बसाए हुए इस पार उदासी उस पार कुछ नहीं।

लेकिन ठहरो। लगता है मैं भावुक हो गया हूँ। हर चीज़ के दो पहलू होते हैं। एक अच्छाई का एक बुराई का। अब मेरा दिमाग़ फिर सही रास्ते पर चलने लगा है। मैं उठ कर बैठ गया। कोशिश करके खड़ा भी हो गया। चप्पल पैरों से ग़ायब हो गयी थी और सारे शरीर में बेहद पीड़ा थी। माथे पर लग रहा था जैसे अग्नि जल रही है—श्मशानसत्य।

चिरकालीन अनन्त अकेलेपन के फैलाव में मैं बच रहा गंगा के बालू तट पर गड़े बाँस-सा। इस अनुभव के बाद सांत्वना का कैसा लालच! कैसी चुनौती! कैसा डर! कैसा अस्तित्व—असंगत, निर्विकार, अभेद्य!

एक-एक क़दम उठा कर शहरख़ाने की ओर बढ़ा जिसके सीख़चे रामप्रिय जी दारोग़ा यदुनाथ मनीष सिटकनियाँ कामिनी इला सरोज ताले साइकिल कुत्ते एक बार खुल कर फिर मुझे अपने अन्दर बन्द कर लेंगे। फिर मेरा इलाही मुकदमा शुरू होगा। अहा!